모든 구멍은 따뜻하다

황금알 시인선 49

모든 구멍은 따뜻하다

초판인쇄일 | 2012년 2월 15일
초판발행일 | 2012년 2월 29일

지은이 | 김영석
펴낸곳 | 도서출판 황금알
펴낸이 | 金永馥
선정위원 | 마종기 · 유안진 · 이수익 · 문인수
주 간 | 김영탁
디자인실장 | 조경숙
제작진행 | 칼라박스
주 소 | 110-510 서울시 종로구 동숭동 201-14 청기와빌라2차 104호
물류센타(직송 · 반품) | 100-272 서울시 중구 필동2가 124-6 1F
전 화 | 02)2275-9171
팩 스 | 02)2275-9172
이메일 | tibet21@hanmail.net
홈페이지 | http://goldegg21.com
출판등록 | 2003년 03월 26일(제300-2003-230호)

값 15,000원

ISBN 978-89-97318-05-6-03810

모든 구멍은 따뜻하다

김영석 시선집

황금알

문단에 나와 이름 석 자를 걸고 시를 쓴 지도 어느덧 40년이 훌쩍 지났다.

짧지 않은 세월 동안 한눈팔지 않고 열심히 해 온 소작치고는 그 소출이 참으로 빈약하고 초라하다. 많지 않은 작품 중에서 모나지 않다고 생각되는 것들을 대충 골라 나의 시 세계를 한눈에 굽어볼 수 있도록 엮어 보았다.

작품 배열은 시집이 간행된 순서를 따랐다. 다만 〈기상도〉라는 부제를 부친 관상시觀象詩와, 시와 산문을 한 구조로 결합한 사설시辭說詩는 따로 맨 뒤에 배치하였다.

거대한 강물이 도도히 흐른다. 그런데 수심이 보이지 않는다. 강물의 깊이는 한없이 표면화되어 요지경 같은 현란한 물거품을 일으키며 흘러간다. 허위의식과 조작된 욕망의 저 즉물적인 물거품 환영 속에 진짜와 가짜가 뒤바뀌고 옳음과 그름이 뒤섞인 채 흘러만 간다.

황혼이 짙게 물든 강물을 멀리 바라보며 그 황혼의 끝에 시적 사유의 옷자락이 어둠 속으로 가뭇없이 스러지는 것을 느낀다.

이제 시 쓰기를 멈추어야 할 때가 된 것 같다.

2011년 가을
능가산 세설헌洗雪軒에서
하인何人 김영석

차 례

2부 나는 거기에 없었다

3부 모든 돌은 한때 새였다

5부 바람의 애벌레

1부

썩지 않는 슬픔

종소리

흙은 소리가 없어 울지 못한다
제 자식들의 덧없는 주검을
가슴에 묻어두고 삭일 뿐
소리를 낼 수가 없다
그러나 흙은
제 몸을 떼어 빚은 사람을 시켜
살아있는 동안
하늘에 종을 걸고 치게 한다
소리없는 가슴들
흙덩이가 온몸으로 부서지는
소리를 낸다.

범인

삽질하던 손을 멈추고
사내는 주위를 둘러본다
여전히 하늘은 푸르고
골짜기는 가랑잎만 살랑인다
손발이 묶인 어린 계집아이를
구덩이 속으로 사납게 밀어 넣는다
버둥대는 계집애의 질린 얼굴이
파놓은 흙빛과 하나다
후미진 양지밭에
흰 들국화가 오종종 몰려 서 있다
사내는 냄새를 맡아보고
꽃잎을 손으로 짓이겨본다
가랑잎 소리에 주위를 둘러보고
거칠게 수음을 하기 시작한다
산길을 내려가는 사내의 손에
딸애한테 주려고 꺾은
빨간 까치밥 열매가 들려 있다
하늘이 푸르고 적막하다.

감옥

가슴 깊이
별을 지닌 사람들은
모두 감옥에 갇힌다
별 향한 창틀 하나 달린
감옥 속에

한번
푸른 하늘을 본 사람들은
모두 감옥에 갇힌다
하늘 향한 창틀 하나 달린
감옥 속에

타는 그리움으로
노래를 불러본 사람들은
모두 감옥에 갇힌다
귀를 향한 통로 하나 달린
감옥 속에

순한 짐승들은 숲 속을 서성이고

꿈꾸는 사람들은
한평생 감옥 속을 종종이고

사람들은 누구나
제 키만한 감옥 속에
조만간 갇히게 된다
갇혀서 마침내 작은 감옥이 된다.

섬

별 속에는 섬이 있다
아직 아무도 가보지 않은
섬 하나 떠 있다
꺼지지 않는 그 섬 하나 있기에
멀리 보는 눈빛마다
별들은 오래 오래 반짝이리

꽃 속에는 섬이 있다
아직 아무도 발딛지 않은
섬 하나 숨어 있다
지워지지 않는 그 섬 하나 있기에
닿지 않는 손끝에서
꽃들은 철철이 피어나리

눈물 속에는 섬이 있다
아무도 노 저어 닿지 못한
섬 하나 살고 있다
손짓하는 그 섬 하나 있기에
멀리서 그대와 나는
날마다 저물도록 헤매이리.

썩지 않는 슬픔

멍들거나
피흘리는 아픔은
이내 삭은 거름이 되어
단단한 삶의 옹이를 만들지만
슬픔은 결코 썩지 않는다
옛 고향집 뒤란
살구나무 밑에
썩지 않고 묻혀 있던
돌아가신 어머니의 흰 고무신처럼
그것은
어두운 마음 어느 구석에
초승달로 걸려
오래 오래 흐린 빛을 뿌린다.

단식

죽음 곁에서 물을 마신다
잠든 세상의 끝
마른 땅 위에
온몸의 어둠을 쓰러뜨리고
무구한 물을 마신다

너희들의 빵을 들지 않고
너희들의 옷을 입지 않고
너희들의 허망한 불빛에 눈뜨지 않고

주춧돌만 남은 자리
다 버린 뼈로 지켜 서서
피와 살을 말리고
그러나 끝내
빈 손이 쥐는 뿌리의 약

바람이 분다
무구한 물도 마르고
씨앗처럼
소금만 하얗게 남는다.

숯

숯을 아시나요
마파람 하늬바람 모두 잠들고
어두운 길로 다니던 뭇 짐승들
아득한 벼랑으로 떨어져버린
고요 속의 검은 뼈를 아시나요

벼락의 고요 속 등잔불도 꺼지고
춘하추동 층층이 쌓이어 묻힌
사투리의 무덤을 아시나요

남루한 옷들은
타오르는 불길에 벗어버리고
살 속의 불길에 주어버리고
썩지 않는 뼈로 남아
길을 껴안는 숯을 아시나요

깊고 먼 자정子正
당신의 벌판에도 눈이 내리면
맑은 이마에서 소리없이 타오르는

불과 이별한 빛으로 타오르는
당신 영혼의 숲을 아시나요.

탑을 보기 전에는

아득한 옛적부터 사람들은
곳곳에 수많은 탑을 세웠다
무거운 돌을 깎아 층층이 쌓은
그 탑을 보기 전에는
그 많은 새떼들이 어디서 날아와
어디로 가뭇없이 사라지는지
나는 정말 몰랐다
왜 공중에서 깃발이 펄럭이는지
정말 나는 몰랐다

언제나 그 주변에서
가랑잎 내리는 소리가 들리고
바람이 불고
구름이 지나가고
무릎까지 빠지는 가랑잎을
쓸고 쓸며 아무리 나아가도
더는 가까이 갈 수 없는
그 탑을 보기 전에는
마을을 지나고

들을 건너고
산을 넘어서
가물가물 스러지는 실낱 같은 길들이
어디서 끝나는지
해마다
왜 무덤을 찾아가 절을 하는지
나는 정말 몰랐다

이제
주름진 빈 손등 위로 떨어지는
한 방울의 눈물 속에
그 무겁고 커다란 돌덩이들이
파문도 없이
모다 잠기는 것을
사람들의 가슴속에
그렇게 많은 돌덩이들이 쌓여 있음을
나는 정말 몰랐다
그 탑을 보기 전에는.

침묵

흙을 먹고 또 먹었다
북처럼 가슴을 두드려도
소리를 내지 않기 위하여

모든 가슴과 가슴이
수만 평의 흙으로 끝없이 이어져
더 큰 가슴
김제 만경 빈 벌판을 이루고
아무도 흔들 수 없는
지평선 하나 걸어놓았다

흙을 먹고 드디어 하나가 된 가슴
너희들의 무쇠 발굽이
너희들의 날카로운 칼날이
이제 우리들의 가슴을 겨누어도
다시는 피를 흘리지 않는다
이 흙의 넉넉한 힘이
네 칼날을 고요히 녹슬게 할 뿐
다시는 소리도 내지 않는다.

아구
— 잠언 1

온통 입뿐이어서
웃음이 절로 나는 그놈을
저녁거리 삼아 배를 갈랐다
기분 나쁘게 미끈거리는
그 어둡고 답답한 내장 속에
아주 작고 이쁜 입을 가진
통통하게 살오른 참조기 한 마리가
온전히 통째로 들어 있지 않은가
큰 입 작은 입 보글보글 함께 끓여서
오랜만에 째지게 맛있는 저녁을
아귀아귀 먹어치우기 시작한다
그러다가 문득
저 텅 빈 허공의
주린 뱃속을 둘러보면서
더없이 행복한 미소를 지어본다
저 광대한 허기 속에서
우리들은 시원하게 숨쉴 수도 있고
모두가 공평하게
아주 서서히 소화되는 동안

이렇게 맛있는 것들을 즐기면서
아직 살찔 수 있다니
얼마나 다행한 일인가.

도덕
— 잠언 2

참되고 영원한 길은 말할 수 없고
이미 말한 것은 거짓이니
말없는 무명無名에서 천지가 비롯하고
말많은 유명有名이 만물을 낳아
시끄럽게 부딪치며 돌아가는
세상이 되었다고 노자는 말씀하셨다
그리고 노자는 노파심에서
그 무명과 유명은 결국
입과 항문이 하나이듯
유현幽玄이 낳은 한 물건이라고
자상하게 덧붙이셨다
선생이 가신 지 약 2500년
유명한 사람들이 먼저
그 유현의 도를 깨달아 자재自在하더니
요즘은 누구나 그걸 깨달아
유현 속에서 헤엄치나니
세상은 더욱 깊고 깊어졌다
그런데 아직도 모자란 이들이
저리 가라는 말을 믿고 달려가고

아니다 하는 말에 고개를 끄덕이다가
더러는 물먹고 가고
더러는 맞아 죽고 굶어 죽기도 하니
과연 유현한 것이다
안타까운 일이다.

현장

쇠죽 끓듯하는 출근길
여자 하나가 방금 치인 듯
마치 목 비틀린 풍뎅이처럼
사지를 따로따로 바둥거리며
피칠갑을 하고 길을 쓴다
그 여자가 다칠까 보아
차량들이 조심조심 우회하고
행인들은 재수없는 날이라고
너그럽게 자신의 일진을 탓하며
고이 비켜 간다
두어 시간 뒤
다행히 순찰차로 병원에 옮겨져
의사가 자세히 보는 앞에서
여자는 안심하고 죽는다
한 시간만 일렀다면 살 수 있었다고
의사는 전문가답게 말한다
그러나
한 시간을 당기고 늘이는 일은
인력으로 못하는 일이다.

이빨

아주 작은 한 사내가
초겨울의 땅거미를 밟고
감옥소의 철문을 나온다
언제나 그랬듯이
외진 가로수 밑으로 걸어가
아주 작게 웅크리고 앉아서
그보다 더 작은 어머니가 내놓은
두부를 말없이 먹는다
거듭되는 징역살이에
몸은 이미 거덜난 지 오래지만
아직도 튼튼한 이빨 하나로
겨우 버티고 있는 그가
이빨은 소용없으니 세우지 말라고
조용 조용히 일러주는
물렁물렁한 두부를
고개 수그리고 묵묵히 먹는다
지상의 촘촘한 그물코에 갇혔은
초겨울의 어둠 속
이윽고 달무리처럼
그의 이빨만 하얗게 남는다.

밥

밥이 처음 우주를 낳아
알처럼 포근히 품고 있으므로
우주 안에서 구물거리는 우리들의
뱁새눈으로는
밥을 볼 수가 없다

바람이 들녘의 풀뿌리에 잡혀서
옷자락만 펄럭이며 쩔쩔매고 있을 때
그 숨소리를 듣고
난장의 아우성이 사위면서
저무는 하늘에 잉걸불을 놓을 때
그 지친 발걸음을 보고
도살장의 굳게 박힌 말뚝에서
그 잇자국의 그늘을 볼 뿐

너의 마른 입술을
소리없이 적시는 눈물을 보고
그 갈증을 알고
너의 손아귀에 묻어 있는

핏방울을 보고
그 노여움을 알 뿐

밥은 그리움을 낳고
그리움은 꿈을 낳고
요지경인 꿈속에서
사람들은 증산하고 번식하고
밤이 되면
밥알의 총총한 눈빛이 알알이 박힌
별들을 바라볼 뿐
우리들 뱁새눈으로는
밥을 볼 수가 없다.

밥과 무덤

밥을 보면 무덤이 생각난다

소학교 다니던 시절
어느 해 따뜻한 봄날
마을 뒷산의 한 무덤 앞에는
무덤 모양 동그랗게 고봉으로 담은
흰밥 한 그릇이 놓여 있었다
지난 해 흉년에 굶어 죽은 이의
무덤이었다
새싹들을 어루만지는 봄볕 속에서
봉분은 그의 죽음의 무덤이고
밥은 그의 삶의 무덤인 양
서로 키를 재고 있었다

봄이 되면
눈물도 아롱이는 먼 아지랑이 속
다냥한 밥과 무덤 아롱거린다.

덫

햇빛 밝은 빛나는 세상
어느 구석
어느 허공에
그림자도 드리우지 않고
소리없이 숨어 있는 덫
덫이 딛고 있는 정적 안에서
나무는 열심히 이파리를 만들고
새들은 꿈꾸고
햇빛 밝은 조용한 세상
소리없는 미소처럼
어느덧 세상의 허공을 장악한 덫
덫의 관대한 품안에서
사람들은 몰래몰래 꿈을 꾸고
아이들은 새로 태어나고.

무지개

흔들리는 그네에 앉아서 보면
먼 산이 가까워지고
가까운 산이 멀어진다
바다가 산이 되고 산이 바다가 된다

흔들리는 그네에 앉아서 보면
이 마을과 저 마을이 하나가 되고
양달과 응달이 하나가 된다
그네는 흔들리면서
이쪽과 저쪽을 지우고
그네에 앉아 있는 그대마저 지우고
마침내 이 세상에
빈 그네 제 그림자만 홀로 남는다

흔들리는 사이
그 빈 자리
하늘빛처럼 오래 오래
산새 알 물새 알은 반짝이고
풀꽃들은 피고 지리라

눈부신 싸움
허공에 그어지는 저 포물선
아름다운 무지개는
영원히 그렇게 뜨고 지리라.

2부

나는 거기에 없었다

바람의 뼈

바람도 죽는다.
죽어서는 오래 삭지 않는 뼈를 남긴다.
단청이 다 날아간 내소사 대웅전
앙상히 결만 남은 목재를 보라
바람의 뼈가 허공 속에
거대한 적멸의 집 짓고 서 있다.

나는 거기에 없었다

가을걷이 끝난 텅 빈 들판에
이따금 지푸라기가 바람에 날리고
지금은 아무도 살지 않는
외딴 빈집
이따금 낡은 문이 바람에 덜컹거린다

바람에 날리는 지푸라기와
바람에 낡은 문이 덜컹거리는 소리는
누가 보고 들었는가?
시를 쓰는 내가?

나는 거기에 없었다.

알껍질

창을 통해
저 광대한 허공을 내다보는 것은
내 속의 허공을 들여다보는 일이다
허공은 나를 알처럼 품고 있고
나 또한 내 속의 허공을 품고 있으니
나는 구멍이 숭숭 뚫린 알껍질 같은 것이다
내 속의 허공 속에서 부화한
하얀 새들이 창을 통해 이따금
푸른 하늘 속으로 햇살처럼 날아 오르곤 한다.

개개비는 다 어디로 갔나

개개비는 다 어디로 갔나
마른 강가 갈숲에
빈 둥지만 바람에 맡겨둔 채
개개비는 다 어디로 갔나
우리들이 제 가슴 깊은 속을
한번도 돌아보지 않는 동안
마른 강바닥은 자갈만 드러나고
흰 목에 푸른 물길 구비구비 감은 채
그 작은 새들은 다 어디로 갔나
바람에 맡겨진 빈 둥지의 가슴으로
붉은 노을이 새어들 때
우리들이 서로 말을 잃고
그 둥지의 틈새로 새어드는
노을을 바라볼 때.

말을 배우러 세상에 왔네

말을 배우러 나는 이 세상에 왔네
말을 익히며 말을 따라
산과 바다와 들판을 알았네
슬픔이 어떻게 저녁 못물만큼 무거워지는지
삶의 쓰라림과 희망이
어떻게 안개처럼 유리창에 피고 지는지
말을 따라 착하게도 많이 배웠네
이제 아이들에게 말을 가르치면서
말을 배우러 이 세상에 왔노라고
나는 다시 한번 새삼 깨닫네
더 깊고 더 많은 말을 배우기 위해
이제는 익힌 말을 다시금 버려야 하네
가을산이 잎 떨군 빈 가지 사이로
아주 먼 길을 보여주듯
말 떨군 고요의 틈으로 돌아가서
푸른 파도가 밤낮으로
바위에게 웅얼거리는 소리를
쪽동백이 날빛에 흰꼬리새 부르는 소리를
이제는 남김없이 들어야 하네

그 말을 배워야 하네
아이들에게 말을 가르치고
말을 배우러 나는 이 세상에 왔네.

무엇이 자라나서

하늘에 맞닿은 저 키큰 나무는
맨 처음 무엇이 자라나서
저리 키큰 나무가 되었을까요
그것이 아주 궁금하여
칸칸이 불을 밝힌 기차를 타고
나무 속 어둠을 한없이 달려가 보았더니
열심히 나무만을 생각하고 생각하는
생각의 씨앗 하나 있었습니다

잔잔한 물결무늬 한없이 번지는
멀고도 가까운 저 한 송이 꽃은
맨 처음 무엇이 자라나서 된 것일까요
그것이 못내 궁금하여
꽃 속의 한없이 깊은 샘으로
한 줄기 두레박을 타고 내려가 보았더니
생각 속의 생각 속에
텅 빈 고요의 씨앗 하나 있었습니다.

밤하늘에 빛나는 저 많은 별들은

맨 처음 무엇이 자라나서 된 것일까요
그것이 너무너무 궁금하여
아득한 별 속의 별
속의 별 속으로
한 마리 새가 되어
나는 아직도 날아가고 있습니다
먼 옛날부터 아직도 날아가고 있습니다.

배롱나무꽃 그늘

사랑하는 이여
사람은 너무 크거나 작은 것들은
아예 듣도 보도 못하나니
제 이목구비만한 낡은 마을을 세우고
때도 없이 시끄럽게 부딪치나니
사랑하는 이여
이제 이 마을 살짝 벗어나
너무 크고 작아 그지없이 고요한 곳
저 배롱나무 꽃그늘에서 만나기로 하자
그 꽃그늘에 고대古代의 호수 하나 살고 있고
호수 중심에 고요한 돌 하나 있으니
너와 나 처음 만난 눈빛으로
배롱꽃 등불 밝혀 돌 속으로 들어가
이제 그만 아득히 하나가 되자.

이슬 속에는

한 방울 이슬 속에는
어디론가 끝없이 떠나는 사람들의
뒷모습이 어른거린다
콩꽃같은 흰 옷고름이
안쓰럽게 얼비치고
가슴에 묻은 날카로운 칼날도
눈물에 삭고 휘어
이따금 찌르레기 소리에 반짝인다.

산

고요가 쌓이고 쌓이면
산이 되느니

초승달같은
흰 뼈 하나 속에 품고
풀잎이 무거워서
지긋이 내려감은 눈이여.

길

길은 없다
그래서
꽃은 길 위에서 피지 않고
참된 나그네는
저물녘 길을 묻지 않는다.

편지 배달부

나는 편지 배달부
이 세상 밖 어디선가 끝모를 하늘에선가
날마다 날마다 와서 쌓이는
내 마음 빈 뜰에 꽃잎처럼 쌓이는
내용없는 하얀 편지들
한 줄기 바람과 햇빛을 따라
그 하얀 편지를 들고
모래알을 만나러 모래밭으로
싸리꽃 산토끼를 만나러 낯선 숲으로
송사리 물강구 소금쟁이 만나러
옛날 잃어버린 손거울같은 연못으로
나는 날마다 찾아갑니다
고단하면 갈잎 위에 잠시 쉬다가
이내 그림자도 가볍게 덜어내면서
내용없는 말씀 빨리 전하러
아침마다 이슬 차며 집 떠납니다.

그리움

한 사람을 그리워한다는 것은
갈꽃이 바람에
애타게 몸 비비는 일이다
저물녘 강물이
풀뿌리를 잡으며 놓치며
속울음으로 애잔히 흐르는 일이다

정녕 누구를 그리워하는 것은
산등성이 위의 잔설이
여윈 제 몸의 안간힘으로
안타까이 햇살에 반짝이는 일이다.

3 부

모든 돌은 한때 새였다

꽃

거울을 깨고 보라
꽃 같이 잠든
이름 모를 한 마리 짐승
그 짐승의 잠 위에 내려 쌓이는
흰 눈을 보라.

버려 둔 뜨락

뜨락을 가꾸지 않은 지 여러 해
온갖 잡초와 들꽃들이
절로 깊어졌다
풀숲 여기저기 흩어진 돌들은
깊은 생각에 잠겼다
이제 내 마음대로
저 돌들을 치우고
잡초를 뽑을 수 없다는 것을
조용히 깨닫는다.

바람이 일러주는 말

홀로 길을 걸으면
지나가던 바람이 일러준다
맨 처음에 길은
내 마음의 실마리에서 시작된 것이라고

들꽃을 보고 있으면
지나가던 바람이 일러준다
맨 처음에 꽃은
내 마음의 빛깔을 풀어놓은 것이라고

굽이굽이 흐르는 강물도
푸른 하늘을 나는 새들도
먼 옛날
내 마음이 아기자기 자라난 것이라고

멀고 가까운 온 누리 돌아서
아득한 별까지 두루 지나서
내 귀에 속삭이는 바람이
바로 내 마음의 숨결이라고
지나가던 바람이 일러준다.

거지의 노래

나는 거지라네
몸도 마음도 다 거지라네
천지의 밥을 빌어다가
다시 말하면
햇빛과 공기와 물과 낟알을 빌어다가
세상에서 보고 겪은
온갖 잡동사니를 빌어다가
마른 수수깡으로 성글게 엮듯
잠시 나를 지었다네
달이 뜨면 달빛이 새어 들고
마파람 하늬바람 거침없이 지나간다네
그래도 거지는
빌어 온 것들로 날마다 꿈을 꾸고
빌어 온 물과 소금으로 눈물을 만든다네
나는 처음부터 빈털터리 거지였다네.

고요의 거울

사람인 내가 신을 생각하면
아주 크고 온전한 하나의 고요
그것 말고는 아무것도 생각할 수 없습니다
사람의 말이란 하면 할수록
자디잘게 깨어지는 거울 조각 같아서
무엇 하나 온전히 비출 수 없어
매양 서로 부딪치며 시끄럽기 때문입니다
그러나 또한 사람의 말은
어느 결 덧없이 녹고 마는 눈송이 같아
고요의 거울은 늘 씻은 듯 온전합니다
신이 어찌 말하겠습니까
고요가 더는 어찌할 수 없는 지경에서
싹으로 트고 꽃봉오리로 벙글고
더러는 바람으로 갈꽃을 그려 내지만
봄 여름 가을 겨울
천지가 어찌 말하겠습니까
바로 지금 조용히 바라보세요
고요의 거울 속
꽃가지 그림자에
작은 벌레 한 마리 기어갑니다.

모든 돌은 한때 새였다

모든 돌은 한때 새였다.

하늘에서 오래는 머물지 못하고
새는 제 몸무게로 떨어져
돌 속에 깊이 잠든다

풀잎에 머물던 이슬이
이내 하늘로 돌아가듯
흰 구름이 이윽고 빗물 되어 돌아오듯

어두운 새의 형상
돌 속에는 지금
새가 물고 있던 한 올 지평선과 푸른 하늘이
흰 구름 곁을 스치던
은빛 바람의 날개가 잠들어 있다.

그 아득한 꽃과 벌레 사이

이 세상 아무도 모르는
어드메 천 길 낭의 흔들리는 꽃 한 송이
어두운 들녘 끝 떨기풀의 벌레 한 마리
이 세상 어딘가
그 아득한 꽃과 벌레 사이
강물 하나 끝없이 흐르고 있나니
그 강물에 이따금 빈 배 접어 띄우고 있나니

칡꽃 속 보랏빛 풍경 소리

칡꽃 속에는 칡꽃의 하늘이 있어
흰 구름 곁을 나는 새 날개에
반쯤 가려진 산도 있고
그 산그늘에는 또
풀잎에 반쯤 가려진 절간도 있어
이따금 바람이 불면
보랏빛 풍경 소리 은은히 울리네.

푸른 잠 속으로

한 톨 풀씨 속
푸른 들녘으로 나는 가고 싶다
그 푸른 지평선에
먼 옛날부터 나를 기다리는
오랜 내가 있으니
해와 달 따라 바람 데불고
그 푸른 잠 속으로 나는 가고 싶다.

꽃 소식

푸른 산빛이 눈 되어
나를 바라보고
흐르는 물소리 귀가 되어
내 숨소리 들으니

어디선가 풀꽃 하나
고요히 피었다 지네.

허공의 물고기

천지에 피가 잘 도는
어느 봄날
산모롱이 풀꽃 하나
하염없이 바라보고 있는 나를
문득 허공에서
고요히 헤엄치는 물고기 되어
내 또한 하염없이 바라보고 있나니.

낙화

바람은 꽃잎을 나부껴
제 몸을 짓고
꽃잎은 제 몸이 서러워
바람이 되네.

가을

귀가 얇아지는 가을
멀리 가까이
가랑잎 지는 소리
천지 가득
경전 책장 넘기는 소리.

4 부

외눈이 마을 그 짐승

바람 속에는

바람 속에는 바람 속에는
아직 먼 숲을 향해 달려가는
수많은 짐승들이 살고 있습니다
샛바람 하늬바람 속에는
샛바람 하늬바람 짐승들이 달려가고
마파람 높새바람 속에는
마파람 높새바람 짐승들이 달려갑니다
실상 바람이 부는 소리는
그 많은 짐승들의 숨소리요
그 어린 새끼들이 칭얼대며 우는 소리입니다
바람 속에는 바람 속에는
아직 모양도 이름도 없어
우리가 영 알 수 없는 짐승들이
먼 숲을 꿈꾸며 살고 있습니다.

모든 구멍은 따뜻하다

살아있는 것들은 모두
제 구멍 속에서 태어나
제 구멍 속에서 살다 간다
천지는 큰 구멍 속에서 살고
천지간에 꼼지락거리는 것들은
저만한 작은 구멍 속에서 산다
바람이 불면 구멍마다 서로 다른
갖가지 피리소리가 난다
딱따구리도 굼벵이도
제 구멍 속에서 알을 품고 새끼 치고
싸리꽃은 제 구멍만큼 흔들리면서
씨앗을 흩뿌린다
빈 구멍들의 피리소리도 아름답지만
크고 작은 구멍의 허공은
자궁처럼 참 따뜻하다.

경전 밖 눈은 내리고

부처님은 보리수 아래서 크게 깨닫고 난 뒤
몇 달 동안 침묵 속에 그대로 앉아 있었다
자신이 똑똑히 보고 깨달은 이 세계의 참모습이
너무나 미묘하고 그윽하여
도무지 말로는 전하기가 어렵거니와
아무리 말한다 해도 사람들이 알 수가 없어
자신만 지칠 뿐이라고 생각했기 때문이다
그런데 범천왕이 하도 조르는 바람에
드디어 침묵을 깨고 설법한 지 사십구 년
갠지스강의 모래알보다 몇 배나 많은
팔만 대장경의 말씀들을 하고 말았다
그리고 맨 마지막으로
말귀가 좀 트인 몇 제자들에게
자신은 사십구 년 동안 쉬지 않고 설법을 했지만
사실은 한 마디도 하지 않았노라고
한 말씀을 더 보태고
고요히 홀로 입적하였다

부처님이 지쳐버린 팔만 대장경

그 경전 밖에서
봄 여름 가을 겨울
꽃은 피고 지고
새는 날고
송이송이 눈이 내린다.

고요한 눈발 속에

어느 날 문득
참으로 가진 것도 아는 것도
아무것도 없다고 소슬히 느낄 때
오늘도 내일도 참으로 바랄 것이
아무것도 없다고 조용히 되새길 때

천지에 자욱이 내리는
고요한 눈발 속
홀로 서 있는 나를 본다
풀꽃도 돌멩이도
눈을 맞고 있다.

꽃과 꽃 사이

찔레꽃이 없는 빈 자리가
무더기로 싸리꽃을 피워내고
소나무가 없는 빈 곳에 기대어
서어나무는 비로소 제 푸름을 짓는다
서로가 없는 만큼 서로는 비어 있어
그 빈 곳에 실뿌리 내리고
너와 나 풀잎처럼 흔들리고 있으니

그대여 이제 오라
꽃과 꽃 사이
그리고 너와 나 사이
보이지 않는 옛 사원 하나 있으니
아침저녁 어스름에 울리는 종소리 따라
눈 감고 귀 막고 어서 오라
오는 듯 가는 듯 무심히 오라.

진흙의 꿈

나는 태초의 진흙으로 빚어졌다고 한다
무릇 흙이란 천하 만물을 삭인 것이니
내가 지렁이를 생각한다면
진흙 속의 지렁이가 꿈틀거리는 것이요
날아가는 새를 바라본다면
진흙 속의 새가 비상하는 것이리라
내가 꿈을 꾼다면
진흙 속의 온갖 화석에서 부화孵化한
말씀의 성긴 그물로
천하를 밝게 드러내고
장공長空에 무지개를 세우는 일이니
아득하여라
진흙의 만 리 밖 꿈이여.

별

헛간에 쌓인
어둡고 고요한 잿더미 속에서
수많은 별들이 반짝인다
이제 봄이 되었으니
밭고랑에 거름으로 재를 뿌리면
별들은 알곡과 씨앗으로 여무리라
어느새 가을 바람 속에서
내 몸의 오랜 별들도
잿가루를 풀풀 날리며
한 치 더 가까이
들꽃이랑 돌멩이를 만나리라
지상에서 반짝이는 재의 아들 딸
가까이 눈빛 맞추며
설핀 그리움도 익어가리라.

낮달

낮달은 아무도 보지 않는다
빈 나뭇가지가 가리켜 보이거나
홀로 나는 철새가 고요히 비껴갈 뿐
낮달은 아무것도 가진 것이 없어
스스로 빛날 수도 없고
외쳐도 소리가 없고
울어도 눈물이 없다
외딴 웅덩이에 혼자 내려와
희미한 제 얼굴을 비추어 보거나
억새밭 너머에서 바람이나 부를 뿐.

대숲

저 뒤안길 대숲에는
우리가 돌아보지 않고 잊어버린
그림자가 바람과 함께 쓸쓸히 살고 있다
달빛이 새어드는 대숲에는
스산한 댓잎 바람에 옷깃을 펄럭이는
우리의 그림자들이 기다리고 있다
언젠가는 꼭 한번 만나야 할
그림자들이 댓잎 바람에 부서지며
기억 속에 서성이고 있다.

숨바꼭질

꿈을 꾸었다
어느 공터에 버려진 돌멩이 하나가
내 눈빛을 받자
제 속으로 들어가는 문을 열어주어
나는 그 돌멩이의 꿈속으로 들어갔다
반쯤 허물어진 빈 집에서
아이들과 함께 숨바꼭질을 하였다
술래가 눈을 감고 하나 둘 헤는 동안
어떤 아이는 오동나무 속으로 들어가 숨고
어떤 아이는 섬돌 속으로 들어가 숨고
어떤 아이는 서까래 속으로 들어가 숨고
나는 쑥부쟁이 뿌리 속으로 들어가 숨었다
그런데 기다려도 기다려도
술래는 어디 갔는지 발자국 소리도 들리지 않고
아이들 소리도 들리지 않고
사위가 고요하고 고요하였다

돌멩이의 꿈속에서 나와
나는 또 꿈을 꾸었다

술래가 되어 아이들을 찾아 헤매는데
오동나무도 섬돌도 보이지 않고
서까래도 쑥부쟁이도 보이지 않고
아이들 머리카락도 보이지 않았다
빈 공터를 여기저기 헤지르며
아이들과 풀꽃과 나무 이름을
내가 아는 온갖 이름을
목이 메어 부르고 또 불렀다
메아리도 없이 사위가 고요하였다

공터에 버려진 돌멩이 하나가
이름을 부르다 지친 나를 물끄러미 보더니
내 속으로 들어와 꿈을 꾸기 시작했다
돌멩이는 돌멩이의 꿈을 꾸면서
사막처럼 끝없이 돌멩이를 낳고 낳았다
내 눈에서 눈물이 방울방울 땅으로 떨어졌다
무겁게 떨어지는 눈물은
돌멩이가 낳은 돌멩이가 낳은 돌멩이들이었다
저물도록 소리없이 울고 또 울었다
사위가 고요하고 고요하였다.

아지랑이

먼 산에 아지랑이가 있어
눈으로 그것을 보는 것이 아니다
우리의 눈빛이 닿는 곳에서
비로소 아지랑이는 피어오른다
우리의 눈빛으로 피어나는
저 꿈결 같은 아지랑이 속에서
푸른 산색이 돋아나고
별들은 이슬 속에서 반짝인다
아지랑이는 살갗처럼 따뜻하고 부드러워
단단한 바위의 가슴도 열고
감추인 바다를 보여주느니
아득한 물이랑의 어느 섬에서
오늘도 내 눈빛을 기다리고 있는 그대여
너와 나의 눈빛 끝에서
아지랑이가 피어나고
바람이 인다.

구만 톤의 어둠이 등불 하나 밝히다니

내가 모르는
무한대 캄캄한 미지의 세계가 있어
내가 아는
한 줌 밝은 세계가 있을 수 있다니
참 기막힐 일이다
캄캄한 어둠이 둘레에 있어
등불이 겨우 제 주변을 밝힐 수 있다니
등불 하나 밝히는 데에
구만 톤의 어둠이 있어야 한다면
등불 두 개에 십팔만 톤 세 개에 이십칠만 톤
등불이 많으면 많을수록
어둠은 기하급수로 무섭게 불어나서
불빛은 되레 흐릿한 반딧불로
한 알 먼지 알갱이로 줄어들다니

낟알을 먹고 물 마시고 숨을 쉬면서
낟알과 물과 공기를 있게 하는 그 배경을
낟알과 물과 공기가 나를 살려내는
그 수억만 톤의 캄캄한 배경을 어찌 다 알리

내 몸도 마음도
어둠이 지은 밥을 먹고 살아왔다니
어둠의 밥이 겨우 밝혀 놓은 불빛이었다니

가볍게 날고 기는 새야 벌레야
나는 태산 같은 어둠의 짐이 너무 무거워
도무지 꼼짝할 수가 없다
내 짐을 좀 가져가고
네 불빛 좀 나누어 다오.

돌담

막막한 세상의 끝
천지에 더 이상 갈 곳이 없고
더 이상 나아갈 길이 보이지 않을 때
나는 홀로
돌담을 마주하고 선다
조용히 돌거울을 들여다보면
거기 내가 길이 되어 누워있다
지평선 너머로 사라지는 한 줄기
길이 되어 외롭게 누워있다.

수리

수리는 떼를 짓지 않는다. —이소離騷—

눈 덮인 겨울 산
천 길 벼랑에
한 마리 수리가 살고 있다
바람과 벼랑이 낳고
푸른 하늘이 기른
수리 한 마리가
내 마음 벼랑에
홀로 살고 있다.

5 부

바람의 애벌레

바람의 애벌레

무쇠 낫을 들고
숲길을 뒤덮은 푸나무를 쳐 낸다
길을 내며 나아갈수록
베어진 푸나무들이 피워 올리는
늪 같은 어둠 속으로 깊이 빠진다
오랜 세월 수많은 벌레와 새들이 죽어
마침내 이루어진 이 늪을 지나자
밤낮도 아닌 희미한 미명 속에
고인돌들이 끝없이 늘어서 있고
고인돌 속에는 아직 태어나지 않은
바람의 애벌레들이 꿈꾸고 있다
초승달 같은 낫을 들고
애벌레의 꿈을 들여다본다
어느 먼 숲을 흔드는 바람 소리뿐
꿈속은 텅 비어 있다
초승달 빛을 뿌리는 낫을 들고
텅 빈 꿈속에서
아직 태어나지 않은 바람 소리를
꿈 속의 한 잎 귀가 듣는다.

거기 고요한 꽃이 피어 있습니다

당신은 지금
길가에 딩굴고 있는
돌멩이 하나를 보고 있습니까
돌멩이가 있다면
그것을 보고 있다면
거기 고요한 꽃이 피어 있습니다

당신은 지금
산새 울음 소리를 들으며
황톳빛 돌배를 베어 물고
지난 봄을 그리워하고 있습니까
거기 고요한 꽃이 피어 있습니다

당신이 무엇인기 골몰하고 있을 때
어디선가 어떤 사람들은
서로 죽이며 피를 흘리고 있습니다
거기 고요한 꽃이 피어 있습니다

고요한 꽃이 없으면

해도 달도 뜨지 않고
바람조차 일지 않습니다
고요한 꽃은 없기에
언제나 거기 피어 있습니다.

사막

이 세상 어딘가에
어느 지도에도 없는
거대한 사막이 숨어 있다네
기묘하게도 그 사막은
지구보다 우주보다 엄청 크다네
먼 옛날부터 수많은 탐험가들이
그 사막을 찾으러 떠났지만
아무도 돌아온 사람은 없다네
지금도 끊임없이 탐험가들이
사막을 향하여 떠나고 떠나지만
한 사람도 돌아오지 못 한다네
어떤 사람은 꿈속에서
사막을 헤매는 탐험가들을 보고
그들이 사람들의 마음으로 들어가
끝없는 모래밭을 헤맨다고 말하네
사막이 끊임없이 신기루를 만드니
어디서도 사막은 찾을 수 없고
탐험가들은 사막을 벗어날 수 없다네

이 세상 어딘가에
알려지지 않은 사막이 살고 있다네
신기루에 가려져 보이지 않고
탐험가들은 영영 돌아오지 못한다네.

시래기

초겨울 해거름
뒤꼍에 걸어놓은 가마솥에
무우청 시래기를 삶는다
시래기를 삶는 냄새에서는
외양간 옆 쇠죽가마에서 끓이는
모락모락 하얀 김이 나는
쇠여물 냄새가 난다
외양간 옆에는 헛간이 있고
헛간에는 쇠죽을 쑤는
날콩과 마른 풀과 볏짚단이 쌓여있고
그 옆에는 시래기와 메주가
짚에 엮여 나란히 걸려있었지
초저녁 희끗희끗 내리는 눈은
외양간과 헛간 앞에 먼저 날렸지

뒷산 억새꽃을 바라보며
겨울 나는 먹거리로
김장 끝에 시래기를 삶는다
시래기를 삶는 냄새 속에

따뜻하고 동그란
밀감빛 등불이 우련히 비친다
그 알 같이 동그란 불빛 안에서
한 식구들이 둘러앉아 밥을 먹고
소는 하얀 김이 나는
쇠여물을 먹고 있었지
밖에서는 바람이 불고
흰 눈이 이리저리 날리고 있었지.

거름을 내며

뽕나무밭에 잘 썩은 거름을 낸다
서로 다른 제 얼굴들을 버리고
한철 빛나던 제 옷들을 버리고
함께 썩어서 한 몸이 된 것
모든 빛깔을 머금고 검게 깊어져
고요한 모습으로 돌아온 거름을
이제 흙으로 다시 돌려보낸다
여기저기 무더기로 피어있는
매화꽃이 봄볕에 눈이 부신데
마약 같은 거름 향내는 아득히 퍼져
푸른 바닷물을 풀어놓고
높고 낮은 산들을 호명하여 세운다
한 줄기 바람이 일자
온갖 푸나무 빛으로 털갈이를 한
노루 멧돼지 산짐승들이
뽕나무 줄기 줄기로 내달리고
소를 몰고 쟁기질하던 늙은이는
워낭소리 따라 뿌리 속으로 사라진다
어느덧 매화나무 가지마다

물고기들이 은비늘 반짝이며 열려있다
뽕나무에 잘 익은 거름을 주고 있으면
아득히 먼 옛날 바다도 보이고
물고기들이 은빛 날개 새가 되어
흰 구름 푸른 하늘 나는 것도 보인다.

돌게

달이 뜨면 대밭은
바다 밑처럼 푸르고 아늑하다
댓잎 그림자가 달빛을 일렁이자
그늘에 숨어있던 돌게 한 마리
푸른 물빛 속으로 기어 나온다
돌덩이 같은 등딱지를 짊어지고
댓잎 그림자 사이로 흐르는
물빛 속을 아무리 기어가도
갯벌의 밀물은 아니다
돌게는 가던 길을 멈추고
옛일을 더듬어 생각에 잠긴다
끝없이 제 자리를 맴도는 생각이
끝없이 중얼거리는 혼잣말이
방울방울 물거품으로 피어오른다
달빛에 오색영롱한 물거품들을
댓잎 그림자가 흔적 없이 쓸어버리자
돌게는 그만 그 자리에
한 개 돌멩이로 굳어져 웅크린다
가족도 친구도 이웃도 없이

늘 혼자 생각하고 혼잣말을 중얼거리는
있는 듯 없는 듯한 돌멩이 한 개
바람이 성글게 집을 지은 대밭에
푸른 달빛이 댓잎을 타고 흐르면
그늘 속 돌멩이 하나 살아나와
오색영롱한 물거품을 피워 올린다.

당신 가슴속 해안선을 따라가면

옛날 아직은 해안에 모래가 없고
진흙 갯벌만 드넓게 누워있을 때
잊어버린 고향을 찾아 홀로 헤매던
남장男裝 여자인 한 남자가
헐벗은 몸으로 바닷가에 이르렀습니다
철이 되면 꾀꼬리가 절로 울듯이
그 남자와 똑같은 사정을 가진
여장女裝 남자인 한 여자가
바닷가에 이르러 그 남자를 만났습니다
두 사람은 고향을 찾아가는
창망한 바다의 부표를 본 듯이
서로의 가슴을 파고 들었습니다
그러나 날이 가고 계절이 바뀌어도
두 사람은 여전히 서로의 가슴 밖에 남아
남자는 여자의 여윈 모습을
여자는 남자의 여윈 모습을
안타까이 바라볼 뿐이었습니다
그러는 동안 언제부터인가
두 사람의 몸에서 흘러내린 모래알들이

날마다 쌓이고 쌓이더니
드넓은 모래사장 해안선을 이루고
그 긴 해안선은 마침내
두 사람의 가슴속으로 이어졌습니다
이제 더는 만날 수 없게 된 두 사람은
제 가슴속 해안의 모래에 파묻히며
비로소 저 자신을 바라보고 있는
초록빛 눈동자 같은 바다를 보았습니다
그리고 그 바다에서
남자는 하얀 목선을 타고 오는 그 여자를
꿈결처럼 바라보며 모래 속에 묻혔습니다
여자는 하얀 목선을 타고 오는 그 남자를
꿈결처럼 바라보며 모래 속에 묻혔습니다

사람들의 가슴 속에는
멀고 먼 바다의 수평선과
길고 긴 해안선의 모래사장이 있고
그 모래사장에는
풍화되어 가는 목선이 있습니다

흐르는 물가에 앉아서
물봉선 꽃잎을 시름없이 보고 있거나
봄날 저녁 어디선가 들려오는
산비둘기 울음소리 하염없이 듣고 있을 때
사람들은 문득 제 가슴 모래사장에
바람이 그려놓은 듯한
한 여자의 희미한 얼굴을 보게 됩니다
한 남자의 희미한 얼굴을 보게 됩니다.

소공조

허공이 무한한 까닭을
이제야 조금 알 것 같다

숲 속에 있는 우리 집은
철 따라 온갖 새들이 찾아와 우는데
이즈음 평생 처음 듣는 새 소리가
동서남북 향방도 없이
이따금 들려오기 시작했다
<u>호르르르 호르르르</u>
소리 나는 쪽을 아무리 살펴보아도
새는 그림자조차 보이지 않는 데다
다른 사람들은 아무리 귀를 모아도
그런 소리조차 들리지 않는다고 한다
한동안 환청 같은 그 소리를 듣다가
비로소 그 새가
허공으로 둥지를 틀고
쉼 없이 알을 까 무한대로 증식한다는
옛날부터 눈 밝고 귀 밝은 이는
더러 보기도 하고 듣기도 한다는

전설의 소공조巢空鳥임을 깨달았다

호르르르 호르르르
광대한 벽공을 무연히 바라보면서
허공이 무한한 까닭을
이제야 비로소 조금 알 것 같다.

내소사來蘇寺는 어디 있는가

갈 방향을 살피고 그가 간다는 것을 아나
가는 자는 끝내 그 방향에 이르지 못한다.* ― 조론肇論

이 땅 끝에서
눈과 바람을 만드는 변산邊山은
사시사철 때 없이 눈이 내린다
며칠이고 밤낮으로 내리는 눈은
드디어 온 세상 소리를 죽이고
지상의 온갖 것을 다 지워버리고
모든 길을 지워버려
천지는 한 장 백지가 된다
고요한 흰 백지 속에서
내소사를 찾아 헤매는 나그네여
내소사는 어디 있는가
너의 기억 속에 상기 남아있는
빈 껍질 같은 이름이나 뒤적이며
하릴없이 길을 찾는 나그네여
저 하얀 허공에
내소사도 내소사 가는 길도
그 길을 가는 사람도 없음을
꿈에도 모르는 나그네여
내소사는 어디 있는가.

* 이 구절은 중론송中論頌의 관거래품觀去來品을 승조가 요약한 것.

그대에게

그대여 외로워하지 마라
많은 사람들이 아직
외로움의 뼈를 보지 못 했나니
그대는 그 뼈를 짚고
먼저 일어서리라

그대여 슬퍼하지 마라
많은 사람들이 아직
슬픔의 뗏목을 지니지 못 했나니
그대는 그 뗏목을 타고
쉬이 강물을 건너리라.

까마귀

바람이 갈나무 마른 잎 소리를 내며
잡초를 흔들어 까마귀를 부른다
스산히 흔들리는 잡초밭 그늘에
주인을 잃고 서성이는 그림자들
까마귀는 그 그림자를 먹고 산다.

종이배

어느 날 천지가 적막하고 외로워
마음 하나 붙일 곳 없을 때엔
하얀 종이배를 접어 타고
멀리 멀리 빈 배처럼 흘러가라
흘러가다 풀잎 하나 만나면
그 풀잎에 빈 배를 묶고
그만 별빛도 지워버려라.

존재한다는 것

존재한다는 것은 참는다는 것이다
참지 않으면
꽃도 그 모양을 잃고
날아가던 새도
그만 흙먼지로 풀어지고 만다
보라, 저 돌멩이조차
굳게 뭉쳐 참고 있다.

마음
— 고조 음영古調 吟詠

천지는 무심히
철따라 꽃 피우고 눈 내리고
쉼 없이 일을 하지만
사람은 제 한 마음 바장이어
눈서리에 잎 지는 걸 바라보며
근심할 뿐 아무 일도 못 하네
천지는 마음이 텅 비어
없는 듯이 있고
사람은 마음이 가득 차
있는 듯이 없네.

돌에 앉아

숲 속 빈 터의 너럭돌

먼 옛날 어떤 이는
가슴 속 수평선을 지우고 가고
또 어떤 이는
오래 지녀 온 칼들을 버리고 가고
그 뒤로 또 어떤 이는
머리 풀어 헤치고 바다로 가고
또 어떤 이는
어떤 이는

솔바람 사이로 이따금
휘파람새 소리만 들리는 곳
아 나는 그렇게도 많이
긴 그림자를 끌고 와서
여기 앉았다 홀로이 떠났었구나.

산과 새

하늘 가까이
이마를 대고 있는 산은
새들을 낳는 푸른 자궁이고
새들이 다시 돌아와 묻히는
큰 무덤이다

나그네 길에서 홀로 떨어져
쓰러진 나무 우듬지에 앉아있는
울새 한 마리
노을빛이 물든 갈색 등이
한 장 단풍잎처럼 곱다
남은 저녁 빛이 눈동자에서 꺼지면
울새는 흙 속으로 낙하하여
지친 날개를 되돌려 줄 것이다

오늘도 산은 바람이 불면
풀잎이나 나뭇잎을 부딪치며
땅 속에선가 하늘에선가
스빗시 스비시르르르

기요로 키이키리리리리
가늘고 슬픈 새소리를 낸다.

잡초와 소금

소금이 어디서 왔는지
사람들은 모른다

바람은 잡초 밭에서 일어나고
잡초는 바람 속에서 생기는 것
잡초와 바람이 한 몸으로 흔들리면서
밤낮으로 어둠을 낳고
이름 모를 수천 마리 짐승들이
그 어둠을 몰고 바다에 투신하여
흰 소금이 되면
소금이 제 살 속에
방울방울 진주처럼 키운 빛들은
하늘로 올라가 별이 되는 것

별들이 왜 아슬히 먼지
눈물은 왜 짠지
사람들은 모른다.

물까치는 산에서 산다

연푸른 물빛 날개를 달고
물까치는 산에서 산다
이 나무 저 나무 옮겨 다니며
정금나무 열매도 하릴없이 쪼아보다가
보랏빛 해거름에
수풀이 물여울 수초처럼 흔들리면
메마른 부리를 날개에 적셔본다
물이 산이 될 때까지
물가에서 산을 그리며 살았듯이
산이 물이 될 때까지
산 속에서 물을 그리며
물까치는 산에서 산다.

6부

관상시와 사설시

어느 저녁 풍경
— 기상도氣象圖 2

늦가을 해거름
작은 시골 마을 호젓한 방죽가에
스스로 몸을 던져 빠져 죽은
한 여자의 시신을 둘러싸고
사람들이 웅성웅성 모여 서 있다
어른들 틈에 머리를 디밀고 구경하는
아이들은 저희들끼리 무어라 떠들어 대고
자전거를 타고 온 순경은
사람들에게 무언가를 연신 묻고는
고개를 끄덕이며 수첩에 적고 있다
여자의 머리칼은 개구리밥 장구말 같은 것들이
물이끼와 함께 뒤얽혀 있고
물에 허옇게 불어버린 얼굴 위로
소금쟁이 한 마리가 천천히 기어간다
간간이 들려오는 뉘 집 개 짖는 소리
빈 들판에 막 쌓이기 시작하는
연푸른 저녁 빛을
개쇠뜨기나 하늘지기가 가녀린 손으로
자꾸 쓸고 또 쓸어 쌓는다

기러기 떼 한 줄이
하늘의 빨랫줄처럼
오래오래 조용히 걸려 있다.

면례緬禮
— 기상도氣象圖 3

산역꾼 몇이 초가을 햇살을 받으며
그림자처럼 조용히 움직이고 있다
파 놓은 생땅 흙이 선홍색이다
모두 흰 장갑을 끼고
한쪽에서는 낱낱이 백지에 곱게 싼
유골을 조심스레 풀어서 늘어 놓고
한 중늙은이는 구덩이에 들어가
흙바닥에 여러 겹 백지를 깔아 놓는다
뼈를 가까스로 다 맞추어 놓았는데
완전히 삭아서 없어진 곳이
군데군데 비어 있다
하얗게 빈 곳에 햇살이 눈부시다

배롱나무 가지에 앉아 있는
이름 모를 산새 하나가
그림자처럼 움직이고 있는 산역꾼들을
죽 지켜보고 있다.

고지말랭이
— 기상도氣象圖 4

파장이 되자
쇠전거리의 휑한 공터에
말뚝들만 남았다
말뚝에 묻어 있는 쇠털이
남은 햇볕을 받고
가늘게 떨리며 반짝이고
말뚝의 그림자가
소리없이 점점 길어진다
쇠전 귀퉁이에 노점을 벌인
노파 하나가 아직도 주저앉아
말뚝만 남은 공터를
멍하니 바라보고 있다
가지나 호박 등 자잘한 고지말랭이들이
모닥모닥 쌓여 있고
먹다 만 고구마를 손에 든 채
어린 손자 애는 잠들어 있다

한 아이가 세 발 자전거를 타고
쇠전거리 끝으로 사라지고 난 뒤에도

국밥집 유리창에서 되비친
동그란 노을 빛 속에
노파는 고지말랭이와 함께
그대로 남아 있었다.

현장 검증
— 기상도氣象圖 5

인적이 드문 야산 골짜기
사람들이 조금만 움직여도
가랑잎 바스러지는 소리가 난다
포승줄에 묶인 사내의 그림자가
두 팔을 뒤로 묶인 채 엎어져 있는
알몸의 고무 인형을 가로질러
짙고 길게 떨어져 있다
사내가 지시하고 교정해 주는 대로
형사는 보퉁이를 돌덩이 삼아
몇 번이고 인형의 머리를 내려친다
어디선가 높은 나무 가지 위에서
떠돌이 때까치 하나가
몹시도 울어 댄다
고무 인형의 머리께에
쓴풀 흰 꽃 줄기가 꺾여진 채
조용히 흔들리고 있다
졸참나무 빈 가지 사이로
적막한 푸른 하늘을
잠시 올려다보던 형사가
다시 한 번 돌덩이를 힘껏 내려쳤다.

빈집
— 기상도氣象圖 18

퇴락한 빈집 하나가
가죽나무 그늘에 반쯤 가려져
잠잠히 엎디어 있다
하얗게 먼지가 앉은 쪽마루에
가죽나무 이파리 그림자가
이따금 일렁거린다
여기저기 흙살이 떨어진 벽은
앙상하게 수숫대만 남아
구멍이 숭숭하다
그 구멍마다 거미가 집을 짓고 산다
거미줄의 촘촘한 구멍으로
바람과 햇빛도 드나든다
흙을 덧발라 구멍을 막고 막다가
주인은 그만 이사를 갔나 보다.

나침반
― 기상도氣象圖 22

산기슭 자귀나무 꽃가지에
나비 형상의
물고기 등뼈 하나 걸려 있다
새가 그런 것일까
탈화하여 날아간 것일까

나침반처럼 그것이 가리키는 곳
먼 하늘가에
흰 나비떼가 분분하다.

달
— 기상도氣象圖 23

밭에 잘 익은 거름을 내고
종일 땀 흘리며 일을 했다
밤이 되자
거름 냄새 상긋한 밭고랑 위로
향그러운 과일 같이
둥근 달이 떠올랐다.

썰물 때
— 기상도氣象圖 24

옛날에 이 마을은
조석으로 갯물이 드나들고
변산 골짜기 골짜기에서
바다 구경을 나온 돌들이 많아
돌개라 부르는 곳
오늘도 북산의 닭바위에 쫓겨
남산의 지네바위가 능선을 따라
한사코 바다를 향해 기어가는데
수억 년을 그렇게
쉼없이 쫓고 쫓기는데
참 이상한 일이다
해질녘 괭이질을 잠시 멈추고
멀리 썰물 지는 바다를
허전한 마음에 넋놓고 바라보다가
문득 돌아보면
지는 햇살을 눈물처럼 반짝이며
텅 빈 뻘밭 가슴 드러내는 썰물을
닭바위도 지네바위도 하던 짓을 멈추고
참으로 망연히 바라보고 있는 것이다

산새도 돌멩이도 산천초목도
모두 가난한 한 식구가 되어
노을빛에 하염없이 바라보고 있는 것이다.

적막
— 기상도氣象圖 28

오뉴 월 뙤약볕이
온 세상 소리들을 다 태워버렸는지
산골 마을이 적막에 싸여 있다
외딴 빈집을 지나면서
울 너머 마당귀를 얼핏 보니
길 잃은 어린 귀신 하나가
두어 그루 패랭이꽃 뒤로
얼른 숨는다.

매사니와 게사니

도대체 꿈이 아니고서야 세상에 어떻게 이런 일이 일어날 수 있단 말인가. 그러나 분명 꿈은 아니었다. 꿈이기는 커녕 멀쩡하게 시퍼런 눈을 뜨고서 목숨이 왔다 갔다 하는 것을 보고 있는 판이었다.

사람들은 너나없이 모두가 넋이 빠진 채 그저 하루하루가 무사히 지나가기만을 기다릴 밖에는 별 뾰족한 대책이 있을 수 없었다. 정부로서도 매일 국가안보회의를 열어 대책을 숙의하고 뻔히 말도 안되는 짓인 줄을 알면서도 믿는 구석은 그것밖에는 없는지라 무장한 군대까지 출동시키면서 갖은 부산을 다 떨어 보았지만 그 가공할 게사니떼의 횡포 앞에서는 그런 것들이 모두 한갓 어린애의 부질없는 장난일 뿐이었다.

이 황당하고 끔찍한 사태의 처음 시작은 자다가도 웃음이 쿡하고 터질 만큼 차라리 익살스럽고 신선한 느낌마저 안겨주는 그런 것이었다.

최초의 희생자가 된 그 박 아무개라는 오십대 중반의 변호사는 그날 따라 좀 겨운 시간의 점심이었는데도 늘 가장 맛있게 먹던 도가니탕이 도무지 당기지 않는지 그저 맥없이 잔수저질만 하였다. 먹는 둥 마는 둥 그렇게 싱겁게 점심을 끝내고 따사로운 오월의 햇살을 받으면서 일행들과 함께 사무실을 향하여 걷고 있는 중이었다. 그때 갑자기 무엇에 놀랐는지 일행 중 하나가 잔뜩 겁에 질린 목소리로 말을 더듬었다.

"어? 이거 …… 박변호사……다, 당신 그림자가 없어……"

이 외침이 그 무서운 재앙을 알리는 신호였음을 아는 사람은 그 당시에 아무도 있을 리 만무한 일이었고 또 그 풍딴지같은 말이 구체적으로 무엇을 뜻하는 것인지 알아차리기까지는 잠시 어리둥절할 시간이 필요했다. 겨우 말뜻을 낚아 채고서야 화들짝 놀란 일행들은 서로 자신과 동료들의 그림자를 몇 번이고 확인한 뒤에야 그림자가 없어진 박변호사의 모습을 얼빠진 표정으로 바라보았다. 아무리 이리저리 돌려놓고 보아도 있어야 할 그의 그림자는 보이지 않았다.

그림자 없는 사내의 이야기는 삽시간에 장안의 화제가 되었고 그는 금방 유명해졌다. 그러나 병원에서 정밀검사를 수없이 해 보고 저명한 과학자들이 모여서 온갖 검사와 실험을 다 해 보았지만 그림자가 없어진 원인이 밝혀지기는 커녕 점점 더 혼란스러운 미궁에 빠져버린 나머지 이제는 모두가 제 자신의 정신이 혹 어떻게 잘못된 것은 아닌가 하고 의심하는 지경이 되어버렸다. 그림자가 없어졌다는 것이 물질 현상인지 정신 현상인지, 또는 물리적 현상인지 생물학적 현상인지, 아니면 사회학적 현상인지 신학적 현상인지 도무지 갈피를 잡을 수 없었고 생각할수록 그것은 애초부터 있을 수도 없는 일이요 웃기는 일로만 여겨졌다.

다만 당사자인 박 변호사한테 일어난 몇 가지 특이한 변화가 계속 주목되었다. 그에게 일어난 가장 뚜렷한 변화는, 첫째, 의학적 소견으로는 아무 이상이 없는데도 예전의 왕성한 식욕이 사라지고 겨우 연명할 정도의 극히 적은 음식물을 섭취하는 것으로 만족한다는 점, 둘째, 사물과 현상에 대한 변별력뿐만 아니라 그에 따르는 호오의 판단력이 매우 흐려졌다는 점, 셋째, 좀 천치같은 표정으로 무엇에나 잘 웃고 무사태평하지만 결코 아무 일에도 흥미와 의욕을 느끼지 않는 심각한 무기력증에 빠져있다는 점 등이었다. 당연한 결과지만 그는 이미 다시는 정상적인 사회생활을 할 수 없는 상태가 되어 있었다.

　어쨌든 그림자 없는 사내의 이야기는 지루하고 답답하고 눅눅하기만 하던 일상에 한 줄기 청량한 바람이 되어 한동안 사람들을 유쾌하게 만들었다. 그러나 그것도 잠시였을 뿐 한 지방도시에서 젊은이 하나가 역시 박 변호사와 똑같은 증상으로 그림자가 없어졌다는 사실이 요란하게 보도되자 이제 사람들은 모두 어떤 불길한 예감에 휩싸이면서 말소리를 낮추기 시작했다. 처음에는 그런 황당한 이야기를 무슨 귀신이 트림하는 소리쯤으로 여기던 치들까지도 막상 일이 이렇게 되자 하루에도 몇 번씩 제 그림자를 챙겨보게 되었고 누구나 사람을 만나게 되면 우선 서로의 그림자부터 몰래 훔쳐보는 버릇들이 생기게 되어버렸다.

　사태는 여기서 그치지 않았다. 사람들의 불길한 예감이 깊어지고 확산되는 속도에 맞추기라도 하려는 듯이 얼마 뒤부터는 거의 매일이다시피 그림자 없는 사람들이 여기저기서 나타나기 시작했다. 어린이만 빼놓고는 남녀와 직업과 연령을 가리지 않고 그 말도 안되는 재앙의 희생자가 되었다.

그러나 정작 온통 나라가 지푸라기 하나 잡을 수 없는 공포의 늪 속으로 빠져들게 되고 인심이 수심이 되어 흉흉해지기 시작한 것은 임자없는 그림자들이 이곳저곳에서 떼로 몰려다닌다는 소문과 보도가 있고서부터였다. 그리고 이러한 소문과 보도는 누구나 두 눈을 번히 뜨고 확인할 수 있도록 곧바로 현실이 되어 나타났다.

그림자들은 철모르는 어린애를 빼놓고는 닥치는 대로 사람을 죽이고 다녔다. 그림자가 죽인 시체는 아무 상처도 없이 말짱하였는데 다만 한 방울의 피도 남기지 않고 빨린 채 종잇장처럼 하얗게 말라 있었다. 참으로 끔찍한 모습이었다. 피해자의 시체는 곳곳에 즐비하였다.

그러나 사람들은 공포에 떨면서도 도시 어떻게 해볼 도리가 없었다. 그림자를 죽일 수도 없었고 막을 수도 없었다. 그것들은 아무리 높은 장애물도 타고 넘었고 바늘구멍만한 틈이라도 있으면 얼마든지 스며들었다. 아니 그것들은 무엇이든 닥치는 대로 파괴할 수 있는 힘을 가지고 있었다. 멀쩡하던 아파트나 건물을 무너뜨렸고 교량들을 폭삭 가라앉게 하였고 때로는 열차를 전복시키기도 했다. 뿐만 아니라 울창하던 산을 눈깜짝할 사이에 무너뜨려 벌건 속살을 드러내게 하였다.

누가 처음에 그렇게 부르기 시작했는지 또 그것이 무슨 뜻인지도 모르는 채 사람들은 언제부터인지 그림자 없는 사람을 매사니라고 부르고 임자 없는 그림자를 게사니라고 부르고 있었다. 어느덧 세상은 온통 게사니떼의 뜨더귀판이 되어 있었다.

이런 와중에서도 게사니에 대한 몇 가지 특이한 점이 발견되었다. 게사니떼가 휩쓸고 지나간 곳에는 예외없이 단맛을 내는 음식물이 흔적도 없이 사라지는 것으로 보아서 매우 단것을 좋아한다는 점, 매사니들은 얼마 살지 못하고 힘없이 죽어갔는데 그에 따라서 게사니도 하나씩 사라진다는 점, 그리고 이것이 사람들에게는 가장 복음처럼 생각된 것인데, 게사니는 철없는 어린애를 무서워하여 가까이 접근하지 못한다는 점 등이 그것들이었다.

그래서 사람들은 단맛이 나는 것은 무엇이든지 멀리 내다 버리고 소태같이 쓰디쓴 음식만을 먹기 시작했고 나들이를 할 때나 집에 있을 때나 어린애와 함께 생활하기 시작했다. 그러나 철없는 어린애의 숫자는 한정되어 있는 데다가 그렇다고 갑자기 낳을 수도 없는 일이어서 어린애 때문에 곳곳에서 웃지 못할 싸움과 반목만 늘어날 뿐 애초부터 근본적인 해결책은 될 수가 없었다.

새로운 매사니와 게사니는 기하급수적으로 불어나는 데 반하여 그것들이 사라지는 속도는 몹시 더디었다. 정부로서도 이제는 그것이 전염병이 아닌 줄 알면서도 매사니를 일정한 장소에 수용하여 관리하는 것이 고작일 뿐 속수무책이었다. 사람들은 악몽을 꾸고 있는 것이라고 억지로 믿음으로써 잠시나마 거짓 위안이라도 얻는 수밖에는 달리 도리가 없게 되었다.

그러자 이때를 타서 매사니와 게사니의 무서운 재액을 없앤다는 무슨 다라니 주문같은 노래 하나가 출처도 없이 흘러나와서 유행하기 시작했다.

산아 산아
바다에서 태어난 산아
바다의 얼굴로 나와서 춤을 추어라
바다야 바다야
산에서 태어난 바다야

산의 얼굴로 나와서 춤을 추어라
끝없는 춤이 불꽃이 되어
다시 산을 만들지라도
끝없는 춤이 물보라 되어
다시 바다를 만들지라도
쉬지 말고 도래춤을 추어라
도래춤을 추어라

이 밑도끝도 없는 노래는 삽시간에 퍼져서 너도나도 뜻도 모르고 밤낮없이 외우고 다녔지만 결코 재앙이 줄어드는 것 같지는 않았다.

그러자 이번에는 더욱 큰 소동이 벌어지기 시작했는데 누가 발견했는지 게사니떼가 가장 무서워하는 것은 흰 토끼라는 소문 때문이었다. 그 소문이 어느 정도 사실로 입증되자 사람들은 서로 먼저 흰 토끼를 구하기 위해서 앞뒤 가리지 않고 정신없이 뛰기 시작했고 갑자기 토끼 값도 천정부지로 뛰기 시작했다. 이 바람에 겨우 명맥만 유지하던 식육용 토끼 사육업자들과 모피용으로 친칠라, 앙고라 등을 기르던 소수의 업자들은 하루아침에 벼락부자가 되었다. 급기야는 병원에서 실험용으로 기르던 토끼마저 동이 나게 되자 미처 구하지 못한 사람들은 봉제 토끼라도 사기 위해서 거리를 쓸고 다니며 야단법석을 떨어야 했다.

이제 바야흐로 세상은 토끼의 천국이 되는 듯싶었다. 가는 곳마다 토끼똥 냄새가 코를 찔렀고 집집마다 그 성질 급한 토끼를 탈없이 키우느라고 사람들은 그야말로 눈물겹고 웃지 못할 온갖 정성을 다 바쳤다. 그러나 그것도 앞문은 열어놓고 뒷문만 닫아 거는 격으로 게사니의 횡포는 피할 수 있어도 스스로 매사니가 되는 것은 끝내 막을 수 없는 노릇이었다.

나달은 쉬임없이 바뀌는데 절망적인 탄식은 한가지로 높아갔다. 어쩌다가 매사니와 게사니는 헤어지게 되었는가. 어쩌다가 게사니는 제 어미와 자신까지 죽이게 되었는가.

이러매 내가 보고들은 대로 노래한다.

　　소금기 눈 부신 햇살을 거두고

날이 저문다
젖빛 낮은 목소리로
하늘에는 구구구 모이도 흩뿌리며
밤이 맨가슴 품을 열자
비로소 참나무는 참나무 속으로
옻나무는 옻나무 속으로 어두워져
문득 잊은 새를 깨운다
멀고 먼 돌 속에서
속눈썹 사이로 날아오는 흰 새

그러나 밤이 깊어도 사람들은
해묵은 누더기를 펄럭이며
길가를 떠돈다
빈 마을은 집집마다
마른 개들이 도둑을 지키고
이슬도 젖지 않는 길에 쓰러져
설핏 잠든 사람들은
바람에 헝클린 겹겹의 지평선을
목에 감은 채

밤새 날갯짓하는 꿈을 꾼다

아침이 되면
감싸고 감싸이는 꽃잎의 중심
그 돌 속에서
온갖 물생物生들은 다시 태어나지만
그러나 보라
돌 밖 에움길의 어지러운 발자국 속에
휴지처럼 구겨진 깃털과 함께
사람들은 늘 시체로 남는다.

외눈이 마을

타림Tarim 분지.

〈물이 모이는 곳〉이라는 뜻을 가진 〈타림〉이 암시하듯이 이곳은 수량이 많아 일찍이 농업이 발달하면서 도시국가의 성립을 촉진시켰고 한때는 동서교역을 매개하며 번성했던 실크로드의 관문이기도 했던 곳이다.

북쪽으로는 톈산산맥이, 서쪽으로는 파미르고원이, 그리고 남쪽으로는 쿤룬산이 그 거대한 산맥들로 둘러싸고 있어 서쪽에서 동쪽으로 서서히 경사를 이루면서 만들어진 분지가 바로 타림이고, 이 분지의 동쪽 가장자리에서 북쪽으로 흐르는 당허강 하류 유역 사막지대가 그 옛날 교역의 중심지로 번창했던 둔황敦煌이다.

둔황의 남쪽 변두리, 그러니까 만년설을 하얗게 머리에 이고 있는 쿤룬산을 등지고 아득히 타클라마칸 사막을 북쪽으로 보고 있는 외딴 지역에는 둔황학을 연구하는 소수의 전문 학자 외에는 아직 거의 알려지지 않은 그리고 어쩌다 그곳에 발길이 닿았다 하더라도 아무도 눈여겨보지 않았을 작은 유적지 하나가 남아있다. 지리적 조건으로 보아 이곳은 쿤룬산 동쪽 끝의 계곡물이 흘러 내려와 비옥한 선상지를 만들고 그 선상지 위에 꽤나

큰 오아시스 촌락이 형성되었을 자리다. 지금은 온통 모래로 뒤덮인 황량한 사막이어서 과연 옛날에 그렇게 큰 촌락이 있었을까 싶지 않지만, 신전으로 쓰였음이 틀림없을 듯한 석조 건물의 기둥들과 잔해들, 그리고 주변에 흩어진 크고 작은 건물과 도로의 흔적들이 회진되어 버린 옛 영화를 분명하게 증언하고 있다.

이 유적지가 보면 볼수록 기묘하게 느껴지는 것은 아무리 생각해도 잘 이해가 되지 않는 두 가지 수수께끼 때문이다. 첫째는, 이곳에 있던 촌락이 아무리 규모가 크다 할지라도 도시로까지는 발전하지 않았을 것이 분명한데 어떻게 이렇게 규모가 큰 신전이 있을 수 있었는가 하는 점이고, 둘째는, 신전의 상부 중앙에 놓여 있는 이상하게 생긴 바위의 정체가 무엇인가 하는 점이다. 바위가 있는 위치는 어느 모로 보아도 신상이라든가 무슨 성물 같은 것이 있어야 할 자리다. 그런데 어떻게 이와 같은 커다란 바위가 신전 안에, 게다가 신상이나 있어야 할 자리에 있게 되었는가 하는 의문이 가시지 않기 때문이다.

더구나 꼬리에 꼬리를 물고 일어나는 궁금증은 그 바

위의 이상한 생김새 때문이다. 어떻게 보면 아주 커다란 거북이 형상 같기도 하고, 또 달리 보면 사람이 엎드려서 기도하고 있는 모습 같기도 하고, 좀 떨어져서 보면 무슨 짐승이 울부짖고 있는 모습 같기도 해서 도무지 종잡을 수가 없는 것이다.

도대체 이 수수께끼 속의 유적지와 저 이상하게 생긴 바위의 정체는 무엇일까.

지금까지 둔황 유적지에 대하여 연구한 그 많은 성과물의 어느 구석에도 이 유적지가 거기에 존재한다는 사실 외에, 그것이 무엇인지에 대하여 설명한 언급은 단 한마디도 찾아볼 수가 없다. 소수의 전문 학자들만 더러 궁금해 하였을 뿐 아무도 그런 것에 관심을 두지 않았으므로 그것은 그저 별 흥미 없는 수수께끼의 하나로 거기에 남아 있을 뿐이었던 것이다.

그런데 다행스럽고 놀랍게도 이 수수께끼를 풀어주는 문서 하나가 최근에 발견되었다. 레닌그라드로 널리 알려진 러시아의 상트페테르부르크 동양학 연구소의 둔황 문고 속에는 문헌 분류도 되지 않은 채 보관되어 있는, 표지까지 합하여 겨우 네 장 밖에 안 되는 필사본 문서 하나가 있는데, 표지에 비백체로『척안동외기隻眼洞外記』라 쓰여진 것이 바로 그것이다. 표지의 제목으로 보아 이 것이 서책명만 전해지는『둔황지지별집敦煌地誌別集』같은 책에서 탈락되어 나온 것이 아닌가 하고 짐작할 뿐 그 외의 서지 사항에 대해서는 아직 아무것도 알려진 것이 없다.

『척안동외기』가 전하는 유적지의 유래와 신전내의 이 상한 바위의 정체에 대한 이야기는 오늘날 우리들에게 는 좀처럼 곧이곧대로 믿겨지지 않는 좀 황당하고 해괴 한 것이다. 어쨌든 이야기의 줄거리만을 대충 간추려 보 면 다음과 같다.

어느날 이 마을에 체구가 거대하게 생긴 괴승 하나가 흘러 들어와 살기 시작했다.

이 괴승의 거대한 체구도 예사로운 모습은 아니었지만 기괴한 느낌이 들 정도로 예사롭지 않게 느껴지는 것은 그가 왼쪽 눈이 없는 외눈이였기 때문이다. 왼쪽 눈알이 빠져 나간 자리는 주먹 하나가 드나들 정도로 동굴처럼 뻥 뚫려 있었는데 얼마나 깊은지 그 구멍은 늘 신비한 어둠이 감돌고 있었다. 그래서 그런지 마을 사람들은 그를 처음 대했을 때 모두 어떤 알 수 없는 위압감과 함께 두려움과 신비함 그리고 외경감을 동시에 느껴야만 했다.

그런데 얼마 뒤부터 사람들이 자신들의 앞날에 무슨 불길한 일이 일어날지도 모른다는 밑도끝도 없는 사위스러운 느낌에 잠시 잠시 마음이 산란해지기 시작한 것은 그 괴승이 마을 사람들을 상대로 자신이 믿고 있는 신을 믿어야 한다고 설득하고 다녔기 때문이다. 그는 자신의 옴비라唵毖羅 신만이 우주를 창조하고 주재하는 유일한 신이며 그 신에 대한 진실한 믿음과 헌신을 통해서만이 영생불사를 얻을 수 있다고 말했다. 그리고 마을 사람들이 믿고 있는 수리야首利耶 신이란 단지 태양을 신격화한 것으로서 진정한 신이 아니며 농경민들이 우매한 나머지 있지도 않은 허깨비 같은 것을 믿고 있을 뿐이라고 말했다.

그리고 옴비라 신은 옴비라 진인인 자신을 통해서 역사하고 있으며 머지 않아 그 옴비라 신의 위대한 능력을 증명하는 기적을 보여주겠노라고 철석 같은 믿음에서 발산되는 묘한 광기와 열정이 느껴지는 목소리로 그는 외치고 다녔다.

사람들은 그러나 아무도 쉽게 그 옴비라 신을 믿으려 들지 않았다. 다만 그에 대한 막연한 두려움 때문에 〈진인님〉이라는 호칭으로 그에 대한 존경과 자신들의 온순함을 드러내면서 그가 하고 다니는 것을 그저 조용히 지켜보기만 했다.

그러던 어느 날 그는 무엇인가를 결행하려고 마음먹은 듯 사람들을 한 곳에 불러 모았다. 그리고 확신에 찬 목소리로 말했다.

"나는 오늘 여러분에게 옴비라 신의 위대한 권능을 증명해 보이려고 한다. 내가 이곳에 온 까닭은 옴비라 신의 계시에 따라 여러분을 영생불사의 낙원으로 이끌어 주고 여러분을 통해 이 세상을 구원하고자 하는 것이다. 옴비라 신께서는 제일 먼저 여러분들을 구원하고 이끌라고 내게 명령하셨다. 이제 여러분이 잘못 믿고 있는 수리야 신이 옳다면 내가 행할 기적은 결코 일어나지 않을 것이다. 그러나 내가 옴비라 신의 권능으로 행하는 기적을 이 자리에서 여러분의 두 눈으로 똑똑히 볼 수 있다면 수리야는 허깨비에 불과한 것인 줄을 알아야 한다."

그는 모든 사람들이 곧 일어날 기적을 잘 볼 수 있도록 빈 자루를 하나 손에 들고 단상 위로 올라갔다. 그리고 호기심을 잔뜩 돋구어 숨을 죽이고 있는 마을 사람들을 잠시 둘러보고는 다시 입을 열었다.

"나는 이제 여러분에게 보여 줄 기적을 가지고 농사를 짓거나 양을 치거나 길쌈을 하는 생업의 모든 고통으로부터 여러분을 영원히 해방시켜 줄 것이다. 그리고 여러분과 함께 새로운 낙원을 건설해 나갈 것이다."

그의 말은 아주 단호하고 신념에 넘쳤다.

이윽고 그는 알아들을 수 없는 말로 무슨 주문을 외우기 시작했다. 그리고 몇 번인가 방향을 바꾸며 합장을 하더니 왼쪽 손바닥을 구멍만 남아 있는 왼쪽 눈가에 대고는 가볍게 비비면서 주문을 그치지 않았다. 주문을 외는 소리가 잠시 멈칫했을 때 그는 왼쪽 손바닥을 사람들이 잘 볼 수 있도록 의기양양하게 펴 보였다. 사람들은 모두 제 눈을 의심하면서 몇 번이고 눈을 홉뜨고 다시 살펴보았다. 그의 커다란 손바닥 가득 진귀하고 값비싼 보석들이 햇빛에 눈부시게 빛나고 있었다. 사람들이 채

탄성을 지르기도 전에 그는 다시 주문을 외면서 같은 동
작을 반복했다. 그리고 손바닥 그득 그득 담기는 보석들
을 연신 빈 자루에 채웠다. 보석들은 그의 동굴 같은 왼
쪽 눈구멍에서 나오고 있었다.

사람들은 그에게서 처음 느꼈던 그 밑도끝도 없는 불
길한 예감이 이렇게 꼬리를 보이기 시작한 것이라고 생
각하면서 몸을 떨었다. 그러나 그 불길했던 예감은 이제
묘하게도 길흉이 반쯤씩 섞여진 상태, 즉 불안과 기대가
뒤범벅이 된 충격으로 변해 있었다. 몇 사람은 그에게
엎드려 경배까지 하면서 그 마음의 충격을 감추지 않고
나타냈다.

한 자루 가득한 그 진귀한 보석들은 모든 사람들에게
골고루 분배되었다. 그리고 그는 앞으로 필요할 때는 언
제나 이 기적을 행할 것이라는 말을 잊지 않고 덧붙였
다. 평생 꿈도 못 꾸어볼 재화를 제 손으로 만져보면서
비로소 사람들은 놓칠 수 없는 현실을 생생하게 느껴야
만 했다.

이제 마을의 환경과 사람들의 마음은 예전의 그것이
아니었다. 모든 것이 아주 빠르게 달라져 갔다. 재화의

윤기와 들뜬 활기가 흘러 넘쳤다. 수리야 신의 소박한 시대가 물러가고 옴비라 신의 화려한 시대가 도래하고 있었다. 많은 사람들이 진인님을 경배하며 따르기 시작했고 아직도 수리야 신에게 매달리고 있는 소수도 더 이상 버틸 수 없는 지경으로 몰려가고 있었다. 진인님은 많은 물자를 들여오고 각처에서 필요한 기술자들을 불러와 도로와 환경을 정비하고 새로운 건물들을 지었다. 그리고 옴비라 신을 모시는 아주 크고 화려한 신전을 지었다.

신전이 완성되었을 때 사람들은 벌써 진인님이 내린 여러 가지 율법과 계율을 지키면서 새로운 생활에 적응하였을 뿐만 아니라 옴비라 신에 대한 헌신적인 믿음 또한 철석 같이 굳어져 있었다. 그리고 필요할 때면 언제든지 진인님이 생산하는 보석들이 모자라지 않았으므로 사람들은 이제 농사를 짓거나 길쌈하는 법도 까맣게 잊어버렸다. 사람들은 날마다 신전에 빠짐없이 모여 옴비라 신에게 엎드리고 진인님이 한 구절씩 불러주는 알 수 없는 아주 긴 다라니 진언 주문을 따라서 외웠다.

어느 날 진인님은 처음으로 기적을 보여주었던 때와

같이 옴비라 신의 무슨 계시를 결행하려고 마음먹은 듯 신성한 위엄이 가득 서린 표정과 목소리로 입을 열었다. 진인님은 옴비라 신이 자신을 통해서 역사하기 때문에 신상이 있어야 할 자리에 늘 앉아 있었는데 이날은 특히 과연 옴비라 신이 진인님을 부려 일하고 있구나 하는 실감이 느껴질 만큼 그의 모습과 말소리는 신적 권능과 위엄으로 압도해 왔다.

"나는 오늘 그동안 때를 기다려 왔던 성스러운 일을 옴비라 신의 이름으로 하고자 한다. 이제 여러분도 언젠가는 나를 통해서가 아니라 여러분 자신이 지금의 나와 같이 직접 옴비라 신의 계시와 은총을 받을 수 있는 준비를 해야 할 때가 되었다. 나를 자세히 보라. 나는 왼쪽 눈을 옴비라 신에게 바쳤다. 왼쪽 눈은 온갖 마귀가 들어와 장난을 치는 곳이다. 여러분이 두 눈을 가지고 있는 한 세상을 바로 볼 수가 없고 신의 계시와 은총을 받을 수 없으며 지금 익히고 있는 진언 주문을 틀림없이 다 외운다고 하더라도 절대로 나와 같이 기적을 일으킬 수는 없다. 영생불사의 낙원으로 들어가는 문턱은 오직 외눈이만 넘을 수 있는 것이다. 이제 여러분과 내가 힘을 합쳐 세상을 구원하고 낙원을 건설할 때가 무르익었다. 그리하여 나는 옴비라 신의 이름으로 여러분에게 명령한다. 두려워하지 말고 기꺼이 왼쪽 눈을 바쳐라. 그래서 신의 광명을 찾아라."

진인님의 말은 너무도 결연하였고 거부할 수 없는 신성한 힘이 차고 넘쳤다. 사람들은 처음 겪어 보는 몰아적이고 충동적인 강렬한 감동에 눈물을 흘리면서 신의 영광이 가까워졌음을 추호도 의심하지 않았다. 그래서 그들은 모두 오히려 복받치는 환희와 열광에 몸을 떨면서 그들의 왼쪽 눈을 옴비라 신에게 바쳤다.

이 마을은 이때부터 척안동, 즉 외눈이 마을이라는 이름을 얻게 되었다. 그렇다고 해서 이 마을에 사는 사람들이 모두 외눈이는 아니었다. 아이들은 열네 살이 되어 성인식을 치루면서 비로소 왼쪽 눈알을 신에게 바쳤으므로 당분간은 두 눈을 가지고 세상을 볼 수 있었던 것이다. 어쨌든 이 마을은 모자람이 없는 재화의 혜택과 일사불란한 율법의 질서 속에서 전에 없던 평화와 안락을 누렸다. 그리고 사람들의 마음은 묵시적 세계의 도래에 대한 든든한 믿음 속에서 낙원의 평안한 행복감을 조금이나마 미리 맛볼 수 있었다.

그러나 좋은 시절은 오래 가지 않았다. 언제부터인지 진인님의 보석 생산량이 현격히 떨어지기 시작하더니 근래에는 아예 생산이 중단되었기 때문이다. 보석 생산량이 줄어들면서 놀랍게도 진인님의 몸은 점차 석화되어 갔다. 석화되어 커다란 바위 덩어리로 변해 버렸다. 그리고 마침내 껍데기만 거대한 무슨 갑각류처럼 진인님은 지렁이가 기어들어간 듯한, 바위에 난 한 줄기 아주 가늘고 깊은 구멍 속에서 모기소리만한 소리를 질러 겨우 말을 주고받았다. 사람들은 밤낮없이 신전의 그 바위 앞에 엎드려 기도하고 주문을 외우고 통곡하였다. 그러나 진인님의 말소리는 점점 희미해질 뿐이었다.

마지막으로 진인님은 모기소리보다 더 작은 소리로 이렇게 말했다.

"나는 지금 영생불사의 문턱을 넘고 있다. 이제부터 너희들은 율법과 계율을 잘 준수하고 이 신전의 내 앞에서 끊임없이 기도하고 주문을 외워야 한다. 그래서 너희들 스스로 옴비라 신의 계시와 은총을 받아라. 무엇보다 중요한 것은 그동안 익혀 온 진언 주문을 한 자도 틀리지 말고 일심으로 외워야 한다. 그래야만 옴비라 신의 권능으로 너희들 스스로 기적을 행할 수 있다. 그런데 참 걱정이구나. 아직도 누구 하나 진언 주문을 완전히 외우는 사람이 없으니 말이다. 그러니 이제부터 너희들은 다 같이 여기 모여서 주문을 한 구절씩 같이 외우며 서로 틀린 구절을 바로 잡아 가거라. 나는 언제나 여기 이 자리에서 너희들을 지켜볼 것이다."

진인님은 기괴한 형상의 완연한 바위가 되어버렸다.

그리고 침묵을 지켰다.

마을은 일시에 검은 구름으로 덮이고 두려움은 한없이 부풀어 갔다.

무엇보다 시급히 해결해야 할 일은 주문을 완전히 외우는 일뿐이었다. 그래서 날마다 신전에 모여서 사람들은 주문을 외우며 바로 잡아 나갔다. 그러나 주문이 너무 긴 데다가 도무지 진언의 말뜻을 모르니 제대로 기억될 리 없고, 그러니 사람마다 들쑥날쑥 제 뜻대로 외우는 통에 주문이 본래의 그 모습을 찾기까지는 결코 쉬운 일이 아니었다. 그러나 옴비라 신을 향한 그들의 굳은 믿음은 결국 우여곡절 끝에 주문을 본래대로 복원하는 데까지 이르렀다. 그런데 문제는 완전히 끝난 것이 아니었다. 왜냐하면 다 같이 주문을 합송하다가 아무도 미처 깨닫지 못했던 점을 발견했기 때문이었다.

주문의 중간쯤에 있는 한 구절이 문제였다. 〈옴소마니 소마니 훔하리한나 하리한나 다나야훔 다(아)나야혹 바암바라 훔바탁〉에서 〈다나야혹〉이 맞는 것인지 아니면 〈아나야혹〉이 맞는 것인지 도무지 갈피를 잡을 수 없었던 것이다. 아무리 머리를 쥐어짜고 밤낮으로 토론을 해 보아도 〈다나야혹〉을 주장하는 사람들과 〈아나야혹〉을 주장하는 사람들이 각기 자신들이 옳다는 신념만 점점 굳혀갈 뿐 해결의 실마리는 보이지 않았다.

결국 그들은 다나야파와 아나야파로 갈라진 채 각기 다른 주문을 외우며 따로 집회를 가질 수밖에 없는 지경이 되었다. 그리고 두 집단의 갈등과 반목은 커져만 갔다. 신통력이 생기지 않는 까닭과 모든 불행한 사태의 책임은 어김없이 상대편으로 돌려졌다. 날이 갈수록 옥죄어 오는 생활의 궁핍과 한 치 앞도 내다볼 수 없는 미래에 대한 두려움은 점차 상대편에 대한 극도의 증오와 살의를 키우며 코앞으로 다가오는 예정된 파국을 속수

무책으로 기다리게 만들었다.

공포의 가위눌림을 더 이상 견디어 낼 수 없는 사람들이 하나 둘 몰래 마을을 빠져나가는 것을 기화로 그동안 팽팽하게 소강상태를 유지하던 분위기는 일시에 광란의 소용돌이로 돌변했다. 모두가 피에 굶주린 아귀가 되어 밤낮으로 서로 죽이고 죽이는 끔찍한 살육전이 계속되었다.

그들은 모두 그렇게 스스로 도륙되었다.

그리고 이 지역은 긴 세월 인적이 끊어진 사막이 되었다.

외눈이 마을 이야기는 여기서 끝난다. 〈척안동외기〉는 마지막으로 다음과 같은 매우 의미심장한 경전 구절을 덧붙이는 것으로 끝을 맺고 있다.

경은 말한다. 지혜는 잡독이요 형체는 질곡이다. 깊고 고요한 도道는 이 때문에 아득히 멀어지고 환란은 이 때문에 일어난다.(經曰 智爲雜毒 形爲桎梏 淵黙以之而邈 患亂以之而起)

153

오늘날 이 〈척안동외기〉의 기록을 어디까지 믿어야 할지 가늠하기는 쉽지 않다. 그리고 처음에는 좀 황당하다는 느낌을 가질 수밖에 없는 것도 사실이다. 그러나 고대에 갖가지 마법과 종교적 의식에서 치러졌던 인신공희나 끔찍한 신체훼손의 행위들이 얼마나 광범위하고 보편적이었던가 하는 것을 생각한다면 외눈이 마을에서 일어난 신체 일부의 공희의식이나 마법적 기적은 그렇게 해괴한 일로만 여겨지지는 않는다.

외눈이 마을에서 일어난 이 고대의 종교적 사건은 추측하건대 2세기 말에서 3세기 사이에 있었던 일이 아닌가 싶다. 왜냐하면 둔황 문헌이 4세기 전후에서 5세기, 그리고 8세기에서 11세기 사이에 기록된 것으로 추정되므로 이 사건은 최소한 4세기 이전일 것이라는 점이고, 게다가 〈척안동외기〉라는 표지의 비백 서체는 3세기 전후부터 제액이나 표지의 서체로 크게 유행했었다는 점 때문이다. 잘 알려진 바와 같이 2,3세기는 여러 종교들이 습합하거나 새로운 종교 사상이 발흥하고 종교적 인물이나 신비가들이 백가쟁명을 이루었던 시기이다. 그리고 새롭게 대두한 대승불교의 불전들이 왕성하게 결

집되면서 그 결실을 맺는 시기이기도 하다.

이러한 시대적 배경을 전제하고, 외눈이 마을 이야기에 보이는 힌두교의 수리야 신, 불교에서 전해지는 항마降魔 진언, 신전 안에 신상이 없었던 점 등을 얼기설기 엮어 보면 이야기에 나오는 옴비라 진인이라는 괴승은 아마도 바라문 계통의 한 인물이 아니었을까 하고 어렴풋이 짐작된다. 왜냐하면 아리안 계통의 바라문교가 토속 민간 신앙인 힌두교를 융합하고 불교의 영향을 수용하면서 3세기 경에 그 교파의 성립이 이루어지는데 그들은 일반적으로 신전에 신상을 두지 않았기 때문이다.

어쨌거나 외눈이 마을 이야기는 그 사건 자체의 끔찍함에서라기보다 끔찍한 인간성의 한 비의를 보여주는 것 같다는 점에서 매우 충격적이다.

이러매 내가 노래한다.

무명無明의 어둠 속에서 두 눈을 뜨니
문득 한 줄기 바람이 일고
바람이 일어나 흔드니

온갖 바람의 형상들이 생기는도다
살과 뼈에 갇힌 그대여
네가 바라보는 모든 것들이
이제는 살과 뼈에 갇혀 있구나
육추六麤*의 구멍 속에서 숨 쉬는 그대여
네 마음의 곳간 가득히
온 세상의 지식이 쌓이면 쌓일수록
지식 밖의 무지의 영토는 더욱 넓어지고
네 굳은 믿음의 지층에서 채굴하는
보석들이 눈부시게 빛나면 빛날수록
너는 캄캄한 바위로 굳어지는도다
외눈이로 건공중을 바이없이 헤매 도는 그대여
아는 것이 없으면 모르는 것도 없다 하느니
네 마음의 곳간마다 가득한
지식과 보석은 모래를 낳고
모래는 끝없이 번식하여 사막을 이루는도다
사막의 신기루는 네 마음이 세웠느니
바람이 물결 짓는 마음을
이제는 고요히 잠재워야 하리라

그 고요의 맑은 거울을 보아야 하리라.

* 육추: 대승기신론大乘起信論의 용어. 무명으로부터 비롯되는 앎과
  업고의 6가지 상相.

연보

연구서지

해설

■ 연보

1945년 3월 21일 김해金海 김씨金氏 재남栽南과 영월寧越 신씨辛氏 옥순玉順을 부모로 하여 6남매 중 장남으로 전북 부안군 동진면 본덕리에서 출생. 이 곳에서 초등학교 5학년을 마치고 전주에서 하숙하며 완산국민학교, 전주북중학교 졸업.

1961년 전주고등학교 2학년 때 휴학하고 전북 부안군 마포 앞 바다의 원불교 수양소인 하도荷島에서 1년간 독거.

1964년 전주고등학교 졸업. 전주 남고산성의 삼경사三擎寺에서 몽석실夢石室이란 당호를 달고 1년간 독거.

1969년 경희대학교 문과대학 국어국문학과 졸업.

1970년 동아일보 신춘문예에 시 '방화' 당선. 육군 보병 입대.

1972년 10월 28일 달성達城 서씨徐氏 미원美源과 결혼.

1974년 한국일보 신춘문예에 시 '단식' 당선. 서울 연서중학교 교사 부임. 장남 호종昊鐘 출생.

1975년 경희대학교 대학원 국문학과 석사과정 졸업.

1976년 상명여사대 부속고등학교 교사 부임. 딸 나래 출생.

1981년 경희대학교 문과대학 강사로 부임. 월간문학 신인문학상에 문학평론 '도덕의식의 사물화' 당선. 9월에 경희대학원 박사과정 입학.

1985년 박사학위 취득하고 배재대학교 국어국문학과 조교수 취임.

1988년 역서『구운몽』(학원사) 출간.

1989년 배재대학교 국어국문학과 부교수 취임. 공저『문학의 이해』(시인사) 출간. 역서『삼국유사』(학원사) 출간.

1992년 제1시집『썩지 않는 슬픔』(창작과 비평사) 출간.

1994년 배재대학교 국어국문학과 정교수 취임.

1995년 미국 미시간 주립대학 초청 공식 방문. 국제학술원(ISP) 위원으로 위촉됨.

1996년 교육부의 연구비 지원을 받고 경희대 민속학 연구소 교환교수로 연구.

1997년 공저『문학의 길』(한국문화사) 출간.

1999년 논저『도의 시학』(민음사),『한국 현대시의 논리』(삼경문화사) 출간. 제2시집『나는 거기에 없었다』(시와시학사) 출간. 시집『나는 거기에 없었다』로 제4회 시와시학상 본상 수상.

2000년 논저『도와 생태적 상상력』(국학자료원) 출간.

2003년 제3시집『모든 돌은 한때 새였다』(시와시학사) 출간.

2006년 논저『새로운 도道의 시학』(국학자료원) 출간.

2007년 제4시집『외눈이 마을 그 짐승』(문학동네) 출간.

2008년 전북 부안 변산으로 낙향하여 능가산 기슭 세설헌에서 산촌생활을 시작함. 제4시집『외눈이 마을 그 짐승』으로 제18회 편운문학상 본상 수상

2011년 사설시집『거울 속 모래나라』(황금알) 출간. 제5시집『바람의 애벌레』(시학) 출간.

2012년 배재대학교 정년퇴임. 현재 배재대학교 명예교수.

■ 연구서지

김 현, 「훈련과 극복」, 『서울평론』 11호(서울신문사, 1974)

황동규, 「절망을 씨앗으로 환원하는 의지」, 『동아일보』, 1974.
2. 13.

강정중 역편, 세계 시선집 11, 『한국현대시집』(동경 : 토요미술
사, 1987)

남진우, 「별과 감옥의 상상체계」, 『현대시』, 1993. 12.

김이구, 「허무에 이르지 않는 절망」, 『오늘의 시』 10호, 1993.

이형기, 「종말론적 상상력과 현대적 감수성」, 『현대문학』,
1993. 7.

임순만, 「외로운 시작의 따뜻함」, 『문학 이야기』(세계사, 1994)

이숭원, 「절제의 미학과 비극적 세계인식」, 『현대시와 삶의 지
평』(시와시학사, 1993)

이숭원, 「정갈하고 신선한 이야기체 시형식」, 『주간조선』,
1993. 1. 2.

이문재, 「23년만에 첫시집 -썩지 않는 슬픔-」, 『시사저널』,
1993. 1. 21.

이가림, 「사람다운 삶의 쟁취를 위한 시」, 『녹색평론』 9호,
1993. 3.

한 무, 「내려다보는 세상, 그 스산함과 적막함」, 『배재신문』,
1993. 3. 23.

최동호, 「삶의 슬픔과 뿌리의 약」, 『삶의 깊이와 시적 상상』(민
음사, 1995)

이명재, 「탈식민주의와 한국의 전통비평」, 『문학비평의 이론과
실제』(집문당,1997)

김명환, 「김영석 시 연구」, 『배재문학』, 1997.

조재윤, 「시어의 통계적 분석」, 『인문논총』 9집(배재대학교,
1995)

신범순, 「시인에게 울려오는 삶의 기호들」, 『문학사상』, 1999, 10

채진홍, 「우주 · 생명 · 시를 찾아서」, 『작가연구』, 1999, 7, 8호

이숭원, 「존재의 확인, 존재의 부정」, 『현대시학』, 1999, 10.

박주택, 「언어와 인식의 형상으로서의 세계」, 『현대시학』, 1999, 10, 21.

유종호, 「넉넉함과 독특한 호소력, 열정」, 『시와시학』, 1999, 겨울호.

오세영, 「시적 진정성과 치열성」, 『시와시학』, 1999, 겨울호.

김재홍, 「시인정신과 외로움의 깊이」, 『시와시학』, 1999, 겨울호.

이윤기, 「산이라면 넘어주고 강이라면 건너주마」, 『시와시학』, 1999, 겨울호.

송기한, 「해체적 감각과 사물의 재인식」, 『시와시학』, 1999, 겨울호.

박윤우, 「삶을 묻는 나그네의 길」, 『시와시학』, 1999, 겨울호.

고봉준, 「위기를 넘어서는 운명의 언어」, 『시와시학』, 2000, 봄호.

고찬규, 「허공에 집 짓기, 아니 맨땅에 헤딩하기」, 『현대시학』, 2000, 2월호.

이승하 외, 「좋은 시」, 『시안』, 2001, 가을호.

김재홍, 「평안의 시학을 위하여」, 『문학사상』, 2002, 12월호.

김교식, 「환상성의 체험과 두타행, 그리고 바람」, 『시와 상상』, 2004, 상반기.

송기한, 「오랜 시간 속 신이 된 자리에서 흔적 찾기」, 『시와 정신』, 2004, 가을호.

김석준, 「깨달음의 높이와 심연 −문자의 안과 밖」, 『문학마당』, 2005, 겨울호.

김석준, 「진정성에 관한 포즈」, 『시와 정신』, 2005, 겨울호.

강희안, 「엄격한 자유인의 초상」, 『현대시』, 2007, 11월호.

김홍진, 「선적 상상력과 정신의 높이」, 『한남어문학』, 2006, 30집.

이만교, 「삶의 비극성과 비장미-〈썩지 않는 슬픔〉-」, 『문예비전』, 2008, 51호.

조해옥, 「낯설고 생생한 사물의 빛을 보다」, 『서정시학』, 2007, 여름호.

박송이, 「깊이와 높이의 시학」, -외눈이 마을 그 짐승-, 『시와정신』, 2008, 봄호.

고인환, 「성숙한 젊음의 몇 가지 표정」, 『불교문예』, 2008, 봄호.

조미호, 『김영석 시 창작법 연구』(석사학위 논문, 단국대학교 대학원, 2008)

김홍진, 「선, 성찰, 상처의 풍경」, 『부정과 전복의 시학』(역락, 2006)

김현정, 「관상과 직관의 미학」, 『시에』, 2008, 여름호.

박선경, 「결여를 획득하는 시어」, 『시에티카』, 2009, 창간호.

호병탁, 「존재와 소속 사이의 갈등」, 『문학청춘』, 2011, 여름호.

오홍진, 「이야기에 들린 시인의 노래」, 『시와 환상』, 2011, 여름호(창간호)

임지연, 「역사의 존재론적 현상학」, 『미네르바』, 2011, 가을(43호)

이형권, 「바람의 감각과 실재의 탐구」, 『바람의 애벌레』(시학, 2011)

안현심, 「우주적 전일의 세계」, 『다층』, 2011, 겨울호.

김옥성, 「환상소설과 시의 실험적 결합」, 『시와경계』, 2011, 여름호.

조운아, 「직관과 서정에 깃든 원융함」, 『시와시학』, 2011, 겨울호.

언어 너머의 언어, 그 심원한 수심

— 김영석의 시적 역정

유 성 호(문학평론가 · 한양대 교수)

1.

　이번에 출간되는 김영석 시선집『모든 구멍은 따뜻하다』는, 시력詩歷 40년을 훌쩍 넘긴 그가, 그동안 발표해온 대표 시편들을 한데 모은 결실이다. 하인何人 김영석 시인은, 시집으로『썩지 않는 슬픔』『나는 거기에 없었다』『모든 돌은 한때 새였다』『외눈이 마을 그 짐승』『거울 속 모래나라』『바람의 애벌레』 등을 펴냈다. 이번 시선집은 이 시집들에서 정성스레 대표 작품들을 선별하여, 시집 간행 순서를 충실히 따르면서, 자신의 오랜 시적 역정의 마디마디를 확인하는 방법으로 그 시편들을 배열하고 있다. 다만 '기상도'라는 부제를 붙인 관상시觀象詩와, 시와 산문을 하나의 구조로 결합한 사설시辭說詩는, 발표 순서와 관계없이 시선집 맨 뒤에 배치하였다. 이러한 일관된 흐름을 담은 이번 시선집은 수심水深이 보이지 않는 삶과 세계의 깊이를 탐침해온 시인의 시적 추구가 하나의 과정적 매듭을 짓는 상징 행위이기도 할 것이다.

김영석 시인은 우리 문단에서 과작의 시인으로 잘 알려져 있다. 하지만 그의 시편들은 한 편 한 편 심원한 수심을 농축하여 발표됨으로써, 우리로 하여금 정밀하고 깊은 독해를 꾸준히 요청하고 있다. 또한, 그의 시편들은 우리 시단의 여러 편향들 이를테면 불가적 편향이나 모더니티 편향 같은 것들을 넉넉히 극복하고 그것들을 한데 통합함으로써 우리 시의 풍요로운 방법론을 시사해주고 있다. 이 글은 이러한 김영석 시인의 오랜 시적 역정을 따라가면서, 되도록 많은 시편을 읽어가면서, 그의 시편들이 지닌 독자적 속성과 가치 그리고 그 심원한 수심을 살펴보려고 한다.

2.

김영석 시인의 첫 시집 『썩지 않는 슬픔』(창작과비평사, 1992)은, 시인으로서의 그의 존재를 세상에 견고하게 각인해준 눈부신 성취라고 할 수 있다. 이 때늦은 첫 시집에서 시인은 서정시 특유의 상징적 응축성과 함께, 근원적 실재에 대한 감각적 투사投射 그리고 말 너머 존재하는 침묵의 가치에 대한 가없는 긍정을 보여주었다. 가령 시인은 "가슴에 묻어두고 삭일 뿐/ 소리를 낼 수"(「종소리」) 없는 시인으로서의 불가피한 실존적 조건을 아름다

운 여러 상징으로 노래하였는데, 그 뚜렷한 실례가 '섬'
이라는 상징으로 나타난 바 있다.

별 속에는 섬이 있다
아직 아무도 가보지 않은
섬 하나 떠 있다
꺼지지 않는 그 섬 하나 있기에
멀리 보는 눈빛마다
별들은 오래 오래 반짝이리

꽃 속에는 섬이 있다
아직 아무도 발 딛지 않은
섬 하나 숨어 있다
지워지지 않는 그 섬 하나 있기에
닿지 않는 손끝에서
꽃들은 철철이 피어나리

눈물 속에는 섬이 있다
아무도 노 저어 닿지 못한
섬 하나 살고 있다
손짓하는 그 섬 하나 있기에
멀리서 그대와 나는
날마다 저물도록 헤매이리.

—「섬」 전문

일찍이 루카치(G. Lukács)가 "별이 빛나는 창공을 보고, 갈 수가 있고 또 가야만 하는 길의 지도를 읽을 수 있던 시대는 얼마나 행복했던가?"라고 그의 유명한 『소설의 이론』에서 갈파한 바 있거니와, 그만큼 '별'은 문명 이전 혹은 역사 이전을 들여다볼 수 있는 신성한 인식론적 지도요, 모든 존재자의 궁극적 귀속처요, 지상의 불완전한 꿈들이 깃들이는 상징적 성소聖所가 아닐 수 없다. 그 '별' 안쪽에 아직 아무도 못 가본 섬 하나가 있다. 이 '별 안의 섬'이 있기에 별들이 오래 반짝이면서 별을 바라보는 눈빛들을 반짝거리게 하는 것이다. 그런가 하면 지상의 가장 아름다운 실재인 '꽃' 속에도 아무도 발딛지 않은 섬 하나가 있다. 결코 지워지지 않는 '꽃 안의 섬' 때문에 꽃들은 철철이 피어난다. 그런데 이러한 '별'과 '꽃'의 아름다움과 신성함을 인간의 '눈물'이 이어받는다. '눈물' 속에도 아무도 닿지 못한 섬 하나가 있기 때문이다. 끊임없이 누군가에게 손짓하는 그 '눈물 안의 섬' 때문에 '그대와 나'는 날마다 저물도록 무언가를 찾아 헤맬 수 있다. 여기서 우리는 '별=꽃=눈물'이라는 낭만적 충동의 등식을 안아 들이면서, 그 안에 떠서 숨어 살고 있는 '섬'이라는 상징이, 시인이 가 닿고자 하는 그러나 그럴 수 없어 대신 '별'과 '꽃'과 '눈물'을 노래할 수밖에 없는 시인으로서의 실존적 등가물임을 알게 된다. 그래서 이 시편은 김영석 시인의 '시로 쓴 시론詩論'이라고 할 수 있을 것이다.

멍들거나
피흘리는 아픔은
이내 삭은 거름이 되어
단단한 삶의 옹이를 만들지만
슬픔은 결코 썩지 않는다
옛 고향집 뒤란
살구나무 밑에
썩지 않고 묻혀 있던
돌아가신 어머니의 흰 고무신처럼
그것은
어두운 마음 어느 구석에
초승달로 걸려
오래 오래 흐린 빛을 뿌린다.

— 「썩지 않는 슬픔」 전문

　인간의 정서 가운데 기쁨이나 즐거움은 순간적이다. 그리고 얼얼한 아픔도 상황적이고 한시적인 것이다. 하지만 '슬픔'만은 이러한 상황과 시간을 모두 뛰어넘는 편재성과 항구성을 지닌다. 이 '불후不朽'의 슬픔이 옛 고향집 뒤란 살구나무 밑에서 "썩지 않고 묻혀 있던/ 돌아가신 어머니의 흰 고무신"처럼 어두운 마음 구석에 오래도록 흐린 빛을 뿌리고 있다. 그 오랜 흩뿌림의 힘으로 '슬픔'은 시인의 존재론에 힘을 더한다. 그리고 '슬픔'은 "썩지 않는 뼈로 남아/ 길을 껴안는 숯"(「숯」)처럼, 우리 삶의 "주춧돌만 남은 자리"(「단식」)를 견고하고 부드럽게 감싼다. 그 '썩지 않는 슬픔'이 김영석 시인이 취하는 일용할 양식일 것이다.

이렇게 김영석 첫 시집에서는 신성한 '섬'과 '슬픔'의 미학이 절절하게 녹아 있다. 시인은 "그 많은 새떼들이 어디서 날아와/ 어디로 가뭇없이 사라지는지"(「탑을 보기 전에는」)를 생각하면서 "북처럼 가슴을 두드려도/ 소리를 내지 않기 위하여"(「침묵」) 지속적으로 '사라짐'과 '침묵'의 시를 쓴다. 어쩌면 노자가 말한 "참되고 영원한 길은 말할 수 없고/ 이미 말한 것은 거짓"(「도덕 – 잠언 2」)이라는 역설을 구현하기 위해 그는 "봉분은 그의 죽음의 무덤이고/ 밥은 그의 삶의 무덤"(「밥과 무덤」)이라는 역설의 사유를 일관되게 진행한 것이다. 김영석 시인은 등단 후 무려 22년 만에 낸 첫 시집에서, 이렇게 '시'와 '시인'의 역설적 존재론에 대해 사유하고 표현한 것이다.

그런가 하면 두 번째 시집 『나는 거기에 없었다』(시와 시학사, 1999)는, 첫 시집으로부터 7년 정도의 상거相距를 가지며 출간되었다. 그 안에는 시인 스스로 "무한대의 공간과 무량한 고요를 체험"(「서문」)한 결과가 빼곡하게 담겨 있다. 그 체험은 사물과 사물, 사물과 자아의 관계에 대한 새로운 인식론을 수반한다. 두 번째 시집에 실린 단시短詩 두 편을 읽어보자.

바람도 죽는다.
죽어서는 오래 삭지 않는 **뼈**를 남긴다.
단청이 다 날아간 내소사 대웅전
앙상히 결만 남은 목재를 보라
바람의 **뼈**가 허공 속에
거대한 적멸의 집 짓고 서 있다.

—「바람의 **뼈**」 전문

가을걷이 끝난 텅 빈 들판에
이따금 지푸라기가 바람에 날리고
지금은 아무도 살지 않는
외딴 빈집
이따금 낡은 문이 바람에 덜컹거린다

바람에 날리는 지푸라기와
바람에 낡은 문이 덜컹거리는 소리는
누가 보고 들었는가?
시를 쓰는 내가?

나는 거기에 없었다.

—「나는 거기에 없었다」 전문

바람은 죽어서 "오래 삭지 않는 **뼈**"를 남긴다. 모든 실
재가 소멸의 길을 걷는 공간에서 결만 앙상하게 남은 목
재만이 '바람의 **뼈**'가 허공 속에 짓는 "거대한 적멸의 집"

으로 서 있다. 이렇게 '소멸'과 '불멸'의 동시적 대위법對位法을 수행한 이 시편은, 시인이 시집 서문에서 "나는 나의 시가 공空과 존재와 언어의 일여적 순환과 생성 속에서 태어나 생명과 존재와 자유와 하나가 되기를 희망한다."고 피력한 바로 그 시적 구상을 구체적으로 실현하고 있다. 마치 "고요가 쌓이고 쌓이면/ 산"(「산」)이 되듯이, 그 일여적一如的 순환과 생성의 눈부신 과정이 이 시편에 농밀하게 녹아 있는 것이다.

　뒤의 시편 역시 가을걷이 끝난 소멸의 공간에 서 있는 "지금은 아무도 살지 않는/ 외딴 빈 집"을 묘사한다. 가끔 바람에 지푸라기가 날리고 낡은 문이 덜컹거리는 곳에서 화자는 그 지푸라기의 모습과 낡은 문의 소리를 과연 "누가 보고 들었는가?"라고 묻는다. 시를 쓴 주체인 화자가 보고 들은 것이 시로 형상화된 것이니, 그것을 보고 들은 이는 당연히 "시를 쓰는 내가" 될 것이다. 하지만 화자는 "나는 거기에 없었다."면서 시를 쓴 사람의 경험적 관점이 시에 반영된 것이 아니라 사물 스스로 시 안쪽으로 들어온 것임을 시사하고 있다. 소멸해가는 것들의 불멸의 순간을 그렇게 일여적 순환과 생성의 원리로 그려낸 것이다. 이는 후일 본격화할 김영석 시인 특유의 '관상시'를 예비하는 속성을 이 작품이 담고 있음을 알려준다.

창을 통해
저 광대한 허공을 내다보는 것은
내 속의 허공을 들여다보는 일이다
허공은 나를 알처럼 품고 있고
나 또한 내 속의 허공을 품고 있으니
나는 구멍이 숭숭 뚫린 알껍질 같은 것이다
내 속의 허공 속에서 부화한
하얀 새들이 창을 통해 이따금
푸른 하늘 속으로 햇살처럼 날아 오르곤 한다.
　．—「알껍질」전문

　화자는 창밖의 거대한 허공과 "내 속의 허공"을 등가
적으로 바라본다. 그렇게 허공과 '나'가 서로를 품고 있
으니, 화자 스스로도 "구멍이 숭숭 뚫린 알껍질 같은 것"
이 된다. 그때 "내 속의 허공"에서 부화한 흰 새들이 창
밖 허공으로 햇살처럼 날아오른다. 이 시편은 이른바 '우
주적 존재(cosmic being)'로서의 사물들의 스케일을 보여
줌과 동시에 '허공'이라는 상징 공간을 통해 주객 분리를
넘어 초월적이고 비약적인 일여적 차원을 획득한다. 그
때 비로소 화자는 자신 안의 허공을 바라볼 수 있게 된
다. "생각 속의 생각 속에/ 텅 빈 고요의 씨앗 하나"(「무
엇이 자라나서」)가 있음을 알게 되고, "더 깊고 더 많은 말
을 배우기 위해/ 이제는 익힌 말을 다시금 버려야"(「말을
배우러 세상에 왔네」) 한다는 역설적 사실에 다다른다. 그
렇게 김영석 시인은 '바람'과 '빈집'과 '허공' 속에서, 자신

을 지우거나 비우면서 사물과의 궁극적 합일을 꿈꾼다. 그것은 "산등성이 위의 잔설이/ 여윈 제 몸의 안간힘으로/ 안타까이 햇살에 반짝이는 일"(「그리움」)에 동참하는 일이 곧 자신의 시작詩作 과정임을 고백하는 것이기도 할 것이다.

3.

대체로 신神이나 자연 같은 외재적 질서에 예속되었던 인간이 스스로 주체임을 자각한 것이 근대 논리의 기초라면, 시는 확실히 '근대의 저편'을 바라보는 양식이다. 그래서 시는 현실을 대체할 수 있는 것이 '다른 현실'이 아니라, 꿈으로 재구성되는 '시적 현실'임을 암시적으로 드러낸다. 물론 잘 쓰인 시는 한결같이 현실과 꿈의 접점에서 피어나는 긴장 속에서 미학적 완성을 꾀하게 마련이다. 김영석 시편의 구성 원리 또한 '근대의 저편'을 바라보면서 꿈으로 재구성되는 '시적 현실'을 우리에게 환하게 보여준다. 김영석의 세 번째 시집 『모든 돌은 한때 새였다』(시와시학사, 2003)를 읽다 보면 이렇게 '근대의 저편'에서 피워올리는, 현실과 꿈의 복합 형식으로서의 원형적 반응을 발견하게 된다. 그 개성적 세계는 "말의 깊은 뜻은 언제나 말이 지닌 의미의 틀을 벗어난다."(산문 「세설암을 찾아서」)는 역리逆理를 새삼 공감하게 한

다. 말이 지닌 규격을 벗어난 새로운 '시적 현실'이야말
로 김영석 시편이 겨누는 최종 과녁이 아닐 수 없다.

거울을 깨고 보라
꽃 같이 잠든
이름 모를 한 마리 짐승
그 짐승의 잠 위에 내려 쌓이는
흰 눈을 보라.

— 「꽃」 전문

뜨락을 가꾸지 않은 지 여러 해
온갖 잡초와 들꽃들이
절로 깊어졌다
풀숲 여기저기 흩어진 돌들은
깊은 생각에 잠겼다
이제 내 마음대로
저 돌들을 치우고
잡초를 뽑을 수 없다는 것을
조용히 깨닫는다.

— 「버려둔 뜨락」 전문

이렇게 심미적 관조와 순간적 정서로 표상되는 그의
시편들은, 가장 짧은 형식을 통해 시를 쓰려는 의도를
표상하고 있다. 이는 언어를 사용하면서도 언어의 명료
성을 부정하려는 역설적 노력을 함의하는데, 그 결과 그

의 시편들은 오롯한 압축과 긴장의 미학을 성취한다. 이러한 압축과 긴장의 미학은, 언어 자체에 대한 부정이 아니라 언어 과잉을 경계하려는 그만의 방법을 뜻할 것이다. 앞 시편에서 화자는 "잠든/ 이름 모를 한 마리 짐승"과 그 위로 내려 쌓이는 "흰 눈"을 바라본다. 그것들은 서로 다른 물리적 실재임에도 불구하고 모두 '꽃'으로 수렴된다. 짐승은 꽃처럼 잠들었으니 비유의 동일성으로 '꽃'이 되었고, 그 짐승의 잠 위로 내리는 눈은 짐승을 덮음으로써 '꽃'이 되었다. 순한 짐승의 잠과 순백의 눈이 화음和音처럼 젖어드는 '꽃' 같은 풍경 소묘의 결실이다. 그런데 정작 중요한 것은 화자가 이 '꽃'들을 거울을 깨고 바라보라고 한 것이다. '거울'이란, 대상을 반영하고 재현하면서도 실은 거꾸로 보여주는 것이 아닌가. 그래서 화자는 좌우가 뒤바뀐 영상이 아니라 제대로 된 실재를 바라보라고 권한다. 혹은 라캉(J. Lacan)의 개념을 빌린다면, 상상계를 벗어나 사물을 사물 자체로 바라보라는 권면을 준다.

다음 시편에서 시인은 버려둔 뜨락을 새삼 관조한다. 여러 해 동안 가꾸지 않고 버려둔 터라 잡초와 들꽃들이 스스로 깊어진 뜨락에서 오히려 돌들은 깊은 생각에 잠길 수 있었다. 그런데 '나'는 고요한 폐허 속에서 깊어진 돌들을 이제 치울 수 없다. 마찬가지로 절로 깊어진 잡초를 뽑을 수도 없다. 이러한 고요한 깨달음에 오래 버려두었던 시간의 고요가 다시 스며든다. 이때 그 오랜 시간은 새롭게 구성한 화자 자신의 내재적 시간일 것이다. 물리적이고 객관적인 시간이 아니라 불가역적이고 주관인적 시간이 그 재구성 과정에 참여한다. 그 안에서 사물도 자신의 시간을 살고, 시인도 그 시간을 그들에게 순연하게 돌려준다. 그때 "아주 크고 온전한 하나의 고요"(「고요의 거울」)가 그 시간 안에서 새로운 꿈과 현실의 복합 형식으로 깃들이게 된 것이다.

　　모든 돌은 한때 새였다.

　　하늘에서 오래는 머물지 못하고
　　새는 제 몸무게로 떨어져
　　돌 속에 깊이 잠든다

　　풀잎에 머물던 이슬이
　　이내 하늘로 돌아가듯
　　흰 구름이 이윽고 빗물 되어 돌아오듯

　　어두운 새의 형상
　　돌 속에는 지금
　　새가 물고 있던 한 올 지평선과 푸른 하늘이
　　흰 구름 곁을 스치던
　　은빛 바람의 날개가 잠들어 있다.
　　　　　　　　　　　　　―「모든 돌은 한때 새였다」 전문

이 시편은 "모든 돌은 한때 새였다."라는 선언적 진술로 시작된다. 어떻게 돌의 전신前身이 새였을까. 그리고 새는 어떻게 돌이 된 것일까. 견고한 고형성固形性을 지닌 '돌'과 자유로운 비상의 활력을 지닌 '새'가 어떻게 이형동질異形同質의 존재로 나타난 것일까. 그 과정을 화자는 새가 하늘에서 오래 머물지 못하고 떨어져 돌 속에 깊이 잠들었다는 사실에서 유추한다. 그것은 마치 이슬이 하늘로 돌아가 흰 구름이 되고 그것이 다시 빗물이 되어 돌아오는 일여적 순환과 생성의 과정 때문에 가능한 유추다. 그러니 돌 안에는 새가 물고 있던 한 올 지평선과 푸른 하늘이 들어 있고, 흰 구름 곁을 스치던 은빛 바람의 날개가 잠들어 있을 수 있지 않은가. 이러한 존재론적 원리가 사물 간의 경계를 지우고 그것들로 하여금 한 몸으로 결속하게 한다.

이처럼 김영석 시인에게 모든 사물은 무주상無住相으로 존재한다. '무주상'이란 크고 작음이 끊임없이 생멸하는 우주처럼, 사물이 어떤 특정하고 견고한 이미지에 긴박되지 않음을 말한다. 김영석 시편에서 사물과 시간과 시인은, 더 이상 특정한 형상에 머물지 않고 유동하고 넘나들고 서로를 통합한다. 이러한 무주상 시편들은 "이 세상 어딘가/ 그 아득한 꽃과 벌레 사이/ 강물 하나 끝없이 흐르고"(『그 아득한 꽃과 벌레 사이』) 있다는 것, "그 푸른 지평선에/ 먼 옛날부터 나를 기다리는/ 오랜 내가"(『푸른 잠 속으로』) 있다는 것, 나아가 "푸른 산빛이 눈 되어/ 나를 바라보고/ 흐르는 물소리 귀가 되어/ 내 숨소리"(「꽃 소식」)를 듣고 있으리라는 상상 등으로 간단없이 이어진다. 그 '몰자풍沒字風' 혹은 '무현풍無絃風'의 필법이 우리 삶에 대한 역설적인 긍정적 위안과 치유의 언어로 다가오는 것이다.

4.

김영석의 네 번째 시집 『외눈이 마을 그 짐승』(문학동네, 2007)은, 그가 오랫동안 구상하고 궁구해온 '관상시'를 실천적으로 사유하고 실험한 결실이다. 그것은 동양의 전통적 시정신의 한 핵심에 닿아 있는 방법론적 구상의 실천 결과이기도 하다. 여기서 '관상觀象'이란 의미보다는 느낌에 중심을 두는 시법詩法으로서, 모호한 반응인 몸의 느낌을 시를 통해 전달하는 방법론이다. 김영석 시인은 "온몸에서 일어나는 모호한 느낌은 자연 혹은 생명과 직접 교감하면서 인간의 삶이 가진 참다운 뜻을 깨닫게 해주는 힘이 있기 때문에 또한 반드시 필요한 것"(「서문」)이라고 갈파하였는데, 그 느낌의 파문을 따라 시집을 구성한 것이다. 다만 '기상도' 연작은 시선집 뒤쪽으로 배치하였기 때문에, 여기서는 「외눈이 마을 그 짐승」의 1-2부 작품들을 대상으로 하였다.

살아있는 것들은 모두
제 구멍 속에서 태어나
제 구멍 속에서 살다 간다
천지는 큰 구멍 속에서 살고
천지간에 꼼지락거리는 것들은
저만한 작은 구멍 속에서 산다
바람이 불면 구멍마다 서로 다른
갖가지 피리소리가 난다
딱따구리도 굼벵이도
제 구멍 속에서 알을 품고 새끼 치고
싸리꽃은 제 구멍만큼 흔들리면서
씨앗을 흩뿌린다
빈 구멍들의 피리소리도 아름답지만
크고 작은 구멍의 허공은
자궁처럼 참 따뜻하다.

　　　　　　　—「모든 구멍은 따뜻하다」 전문

　이번 시선집의 제목으로 채택된 이 시편은, 생명과 구
멍의 상관관계를 노래하고 있다. '구멍'은 살아있는 모든
것의 원천이자 거소居所이자 궁극적 귀속처다. 천지는 큰
구멍 속에서 살지만, 생명 있는 것들은 모두 작은 구멍
속에서 산다. 그렇게 '구멍'은 아름다운 '허공'이 되고 따
뜻한 '자궁'이 된다. 음상音相으로만 본다면 '구멍'과 '허공'
과 '자궁'은 참으로 닮았다. 첫 자가 받침이 없고 둘째 자
가 'ㅇ'으로 끝나는 그것들은 연쇄적으로 따뜻한 '구멍=

허공=자궁'의 유추적 연관성을 형성하면서 생명의 네트워크를 은유한다. 이러한 따뜻함은 물론 '앎'에서 오는 것이 아니라 '느낌'에서 오는 것이다. 가령 "어느 날 문득/ 참으로 가진 것도 아는 것도/ 아무것도 없다고 소슬히 느낄 때"(「고요한 눈발 속에」) 그것들은 벼락처럼 다가오고, "서로가 없는 만큼 서로는 비어 있어/ 그 빈 곳에 실뿌리 내리고/ 너와 나 풀잎처럼 흔들리고"(「꽃과 꽃 사이」) 있음을 느낄 때 그것들은 새록새록 다가온다. 다음 시편들도 이러한 느낌의 공동체에 살고 있는 아름다운 실례일 것이다.

> 나는 태초의 진흙으로 빚어졌다고 한다
> 무릇 흙이란 천하 만물을 삭인 것이니
> 내가 지렁이를 생각한다면
> 진흙 속의 지렁이가 꿈틀거리는 것이요
> 날아가는 새를 바라본다면
> 진흙 속의 새가 비상하는 것이리라
> 내가 꿈을 꾼다면
> 진흙 속의 온갖 화석에서 부화孵化한
> 말씀의 성긴 그물로
> 천하를 밝게 드러내고
> 장공長空에 무지개를 세우는 일이니
> 아득하여라
> 진흙의 만 리 밖 꿈이여.
>
> ──「진흙의 꿈」 전문

저 뒤안길 대숲에는
우리가 돌아보지 않고 잊어버린
그림자가 바람과 함께 쓸쓸히 살고 있다
달빛이 새어드는 대숲에는
스산한 댓잎 바람에 옷깃을 펄럭이는
우리의 그림자들이 기다리고 있다
언젠가는 꼭 한번 만나야 할
그림자들이 댓잎 바람에 부서지며
기억 속에 서성이고 있다.

— 「대숲」 전문

　앞의 시편에서도 만물의 상호 교섭과 소통은 계속된
다. 사람이 태초의 진흙으로 빚어졌다면, 흙이 천하 만
물을 삭인 것이니 내 안에는 모든 것이 살아 있는 셈이
된다. 지렁이를 생각하면 진흙 속 지렁이가 꿈틀거리고,
새를 바라보면 진흙 속 새가 날아오르는 것이다. 마찬가
지로 꿈꾸는 것은 진흙 속 화석에서 부화한 "말씀의 성
긴 그물"로 천하를 밝히고 무지개를 세우는 일이 된다.
이렇게 '진흙'과 '지렁이'와 '새'와 '무지개'는 꿈이라는 상
상적 그물로 묶이면서 모두 한통속으로 존재하게 된다.
불교적 사유에서 보면 합리적으로 대별되는 모든 것은
각각 개별적 존재[不一]이자 궁극적으로 동일한 존재[不二]
라는 역설을 성립시키는데, 이러한 관계론적 시각을 김
영석 시편은 일이관지하고 있다 할 것이다.

뒤의 시편에서는 우리가 돌아보지 않고 잊어버린 대숲의 그림자를 포착하고 있다. 달빛이 새어드는 대숲에는 대숲의 그림자는 물론, 댓잎 바람에 옷깃 펄럭이는 "우리의 그림자들"도 있다. 그러니 바람과 함께 살고 있는 쓸쓸한 그림자와 우리의 그림자가 언젠가는 꼭 한번 만나야 하지 않겠는가. 오랜 기억 속에 서성이고 있는 이 그림자들의 이야기는 대숲의 표면과 이면, 생태와 속성을 고스란히 드러내면서 모든 시간 속의 실재들이 하나의 그물로 엮어져 있음을 드러낸다. 김영석 시인은 이처럼 자연 혹은 생명과 직접 교감하면서 사물과 인간이 맺고 있는 참다운 관계론을 깨닫게 해주는 힘을 느끼고 있다. 그것이 바로 관상觀象의 힘에서 발원하고 완성되는 것이다.

5.

가장 최근작이자 여섯 번째 시집인 『바람의 애벌레』(시와시학사, 2011)는, 이야기로 기우는 산문화 경향을 보이는 시편들을 여럿 싣고 있다. 언젠가 데리다(J. Derrida)는 "절대적 의미란 실제 인지할 수 있는 것이 아니고, 그 절대적 의미를 찾고자 끊임없이 되풀이된 욕망들의 흔적으로만 존재할 뿐"이라고 말한 바 있다. 이러한 말은 우리가 아무리 혼신의 힘을 다해도 절대 실재를 찾아낼 수 없다는 것을 보여주는 동시에, 그럼에도 불구하고 끊임없이 그것을 찾지 않고는 견딜 수 없는 인간의 실존적 고통을 암시해준다. 김영석 시편의 중요한 장치로 채택되고 있는 '이야기'와 '노래'의 흔연한 결속은, 이러한 절대 의미를 끊임없이 궁구하면서도 결국 그곳에 가 닿을 수 없는 시인으로서의 존재론적 침전沈澱을 두루 암시한다.

무쇠 낫을 들고
숲길을 뒤덮은 푸나무를 쳐 낸다
길을 내며 나아갈수록
베어진 푸나무들이 피워올리는
늪 같은 어둠 속으로 깊이 빠진다
오랜 세월 수많은 벌레와 새들이 죽어
마침내 이루어진 이 늪을 지나자
밤낮도 아닌 희미한 미명 속에
고인돌들이 끝없이 늘어서 있고
고인돌 속에는 아직 태어나지 않은
바람의 애벌레들이 꿈꾸고 있다
초승달 같은 낫을 들고
애벌레의 꿈을 들여다본다
어느 먼 숲을 흔드는 바람 소리뿐
꿈속은 텅 비어 있다
초승달 빛을 뿌리는 낫을 들고
텅 빈 꿈속에서

아직 태어나지 않은 바람 소리를
꿈 속의 한 잎 귀가 듣는다.
— 「바람의 애벌레」 전문

늪 같은 어둠 속에서 꿈을 꾸는 '바람의 애벌레'들은,
오랜 세월 이 숲길에 늘어선 고인돌 무덤 속에 깃들여
있다. 수많은 벌레와 새들이 죽어 이루어진 오랜 늪을
지나 서 있는 고인돌 안에는 그렇게 "아직 태어나지 않
은/ 바람의 애벌레들"이 꿈을 꾸고 있다. 화자는 애벌레
의 꿈을 들여다보면서 숲을 흔드는 바람 소리를 듣고 있
다. 애벌레들이 꾸는 꿈은 텅 비어 있고, 그 텅 빈 꿈속
에서 "아직 태어나지 않은 바람 소리"를 그 꿈속의 한 잎
귀가 듣고 있는 풍경은 모든 사물이 꿈과 현실 사이에서
재구성되면서, 동시에 서로를 결속하고 있음을 보여준
다. 여기서 '바람의 애벌레'란 "이 세상 어딘가에/ 알려
지지 않은 사막"(「사막」)처럼, 미명未明의 꿈속에서 우리에
게 믿음과 두려움을 동시에 주는 생명 현상일 것이다.
이처럼 김영석 시인은 죽음의 현장일 수밖에 없는 '고인
돌'과 생명의 현장이라 할 수 있는 '아직 태어나지 않은
바람 소리'를 연결하여 생멸生滅의 존재론이라는 절대 원
리를 탐색하면서도, 그러한 원리를 가까스로 안고 갈 수
밖에 없는 인간의 한계를 동시에 보여준다. 이는 "하늘
가까이/ 이마를 대고 있는 산은/ 새들을 낳는 푸른 자궁
이고/ 새들이 다시 돌아와 묻히는/ 큰 무덤이다"(「산과

새」라는 표현에서처럼, 무덤(tomb)과 자궁(womb)이 같은 곳에서 만나는 희유한 풍경과 그대로 연결된다. 참으로 일관된 생사관生死觀이요, 사물의 이법에 관한 통찰의 결과가 아닐 수 없다.

허공이 무한한 까닭을
이제야 조금 알 것 같다

숲 속에 있는 우리 집은
철 따라 온갖 새들이 찾아와 우는데
이즈음 평생 처음 듣는 새 소리가
동서남북 향방도 없이
이따금 들려오기 시작했다
호르르르 호르르르
소리 나는 쪽을 아무리 살펴보아도
새는 그림자조차 보이지 않는 데다
다른 사람들은 아무리 귀를 모아도
그런 소리조차 들리지 않는다고 한다
한동안 환청 같은 그 소리를 듣다가
비로소 그 새가
허공으로 둥지를 틀고
쉼 없이 알을 까 무한대로 증식한다는
옛날부터 눈 밝고 귀 밝은 이는
더러 보기도 하고 듣기도 한다는
전설의 소공조巢空鳥임을 깨달았다

호르르르 호르르르
광대한 벽공을 무연히 바라보면서
허공이 무한한 까닭을
이제야 비로소 조금 알 것 같다.

―「소공조」 전문

역시 '허공'에 대한 발견을 모토로 하고 있는 이 시편
은, 숲 속에서 우는 새들을 통해 '허공'이 무한한 이유를
깨달아가는 과정을 담고 있다. 숲 속 집에서 철 따라 평
생 처음 듣는 새소리가 들려와 그쪽을 살펴보아도 새는
모습을 드러내지 않는다. 심지어 다른 사람들은 그런 소
리가 들리지 않는다고까지 말한다. 그렇다면 환청幻聽이
었을까? 그 순간 화자는 그 새가 "허공으로 둥지를 틀
고/ 쉼 없이 알을 까 무한대로 증식한다는" 전설의 새임
을 깨닫는다. 그 새는 다름 아닌 "눈 밝고 귀 밝은 이는/
더러 보기도 하고 듣기도 한다는/ 전설의 소공조巢空鳥"였
던 것이다. 불경에 기록된 이 새는, 나무 위에 집을 짓지
않고 허공에 둥지를 트는 새로서 허공에서 알을 낳고 허
공에서 부화하고 돌아가는 곳도 허공이라고 한다. 매 순
간이 허공의 삶이기에 아무런 흔적도 남기지 않는다. 허
공에 둥지를 튼다는 뜻을 가진 그 새는, 그렇게 화자로
하여금 '허공'의 무한함과 근원성과 불멸성을 각인해준
다. 시인은 "많은 사람들이 아직/ 외로움의 뼈"(「그대에

게」)를 아직까지 못 보았고, "천지는 마음이 텅 비어/ 없는 듯이"(「마음 – 고조 음영古調 吟詠」) 있다는 사실을 직관하고 있다. 이렇게 눈에 보이지 않는 실재를 직관함으로써 물상의 참모습에 도달하는 그만의 시적 방법론은, 주체를 지움으로써 대상 그 자체와 그 대상의 깊은 근원을 동시에 살리고 있는 것이다.

6.

김영석 시인이 메타적으로 시도한 '관상시'와 '사설시'는 시선집의 뒷부분에 따로 묶였다. 이러한 양식적 명명은 『외눈이 마을 그 짐승』과 다섯 번째 시집 『거울 속 모래나라』(황금알, 2011)에서 적극적으로 이루어진 바 있다. 먼저 '관상시觀象詩'는, 『외눈이 마을 그 짐승』에 21편이 실렸고 『바람의 애벌레』 3부에 여러 편이 수록되었다. 그가 관상시로 쓴 대표적 결실 '기상도' 연작은 시집 『외눈이 마을 그 짐승』으로부터 시작된 바 있다. 김영석 시인이 창의적으로 명명한 '관상시'란, 시인 스스로의 설명(「관상시에 대하여」, 「외눈이 마을 그 짐승」)에 기대면, "상象을 직관한다는 뜻"을 담고 있고, "신화와 이데올로기를 가능한 한 걷어내고 자연과 현실을 있는 그대로 보자는 것"이고, 궁극적으로는 "눈에 보이는 것 너머의 그리고 의미 이전의 보이지 않고 개념화되지 않는 움직임, 즉 상을 느껴보자는" 목표를 가지고 있는 양식이다. 이러한 정의에 기댄다면, 김영석 시편은 모두 얼마간은 '관상시'로서의 속성을 지니고 있다 할 것이다. 하지만 보다 더 적극적으로 가시적인 것 너머의 자연과 현실의 움직임 그 자체를 직관하는 과정을 보여준 관상시 작품들을 읽어보도록 하자.

늦가을 해거름
작은 시골 마을 호젓한 방죽가에
스스로 몸을 던져 빠져 죽은
한 여자의 시신을 둘러싸고
사람들이 웅성웅성 모여 서 있다
어른들 틈에 머리를 디밀고 구경하는
아이들은 저희들끼리 무어라 떠들어 대고
자전거를 타고 온 순경은
사람들에게 무언가를 연신 묻고는
고개를 끄덕이며 수첩에 적고 있다
여자의 머리칼은 개구리밥 장구말 같은 것들이
물이끼와 함께 뒤얽혀 있고
물에 허옇게 불어버린 얼굴 위로
소금쟁이 한 마리가 천천히 기어간다
간간이 들려오는 뉘 집 개 짖는 소리
빈 들판에 막 쌓이기 시작하는
연푸른 저녁 빛을
개쇠뜨기나 하늘지기가 가녀린 손으로

자꾸 쓸고 또 쓸어 쌓는다

기러기 떼 한 줄이
하늘의 빨랫줄처럼
오래오래 조용히 걸려 있다.
— 「어느 저녁 풍경 – 기상도氣象圖 2」 전문

　원래 '기상도'는 어떤 일에서 앞으로의 전망을 비유적
으로 이르는 말이거나 일정한 지역과 시간의 기상 상태
를 표시해놓은 지도를 뜻한다. 식민지 시대의 시인 김기
림이 같은 제목의 장시집을 펴낸 바도 있다. 김기림은
세계사적 사건들을 등장시켜 풍자하고 외국 열차, 세계
지도 등을 나열하며 서구 모더니티의 기상도를 그려냈
다. 하지만 김영석 시인이 노래하는 '기상氣象'이란, '기氣'
가 움직이는 모습을 말한다. '기'의 움직임은 우주의 본
성이지만 우리는 그것을 볼 수 없다. 다만 우리는 기가
움직여 이루는 사물을 통해 그 움직임을 유추할 수 있을
뿐이다. 그러한 유추를 가능케 하는 사물과 풍경이 이
연작에 담긴 것이다.
　늦가을 해거름 풍경이 위 작품에 선연하게 담겨 있다.
작은 시골 마을의 저녁 풍경은 방죽가에서 자살한 한 여
자의 시신을 둘러싸고 사람들이 웅성거리는 데서 시작
된다. 어른들과 아이들이 무질서하게 섞여 있고 경찰이
관성적으로 자신의 임무를 수행한다. 그때 화자의 시선

에 잡힌 '기상'은, 여자의 머리칼에 몰려 있는 개구리밥 장구말 같은 것들과 물이끼 그리고 그녀의 얼굴 위로 기어가는 소금쟁이에 들어 있다. 개 짖는 소리가 들리고 연푸른 저녁 빛을 개쇠뜨기나 하늘지기가 자꾸 쓰는 풍경도 기상의 흐름에 동참한다. 이 무연하고도 고즈넉한 저녁 풍경을 무심하게 바라보면서 "기러기 떼 한 줄이/ 하늘의 빨랫줄처럼" 오래 조용히 날아간다. 이러한 풍경의 연쇄가 곧 '기상'의 그림[圖]일 것이다.

이러한 기상의 그림은 「면례緬禮 - 기상도氣象圖 3」에서 "산역꾼 몇이 초가을 햇살을 받으며/ 그림자처럼 조용히 움직이고" 있는 풍경, 그들이 "뼈를 가까스로 다 맞추어 놓았는데/ 완전히 삭아서 없어진 곳이/ 군데군데 비어" 있고 "하얗게 빈 곳에 햇살이 눈부시다"는 표현 같은 데서도 잘 나타난다. 그저 상象을 관觀하는 이의 태도가 잘 드러난 것이다. "쇠전 귀퉁이에 노점을 벌인/ 노파 하나가 아직도 주저앉아/ 말뚝만 남은 공터를/ 멍하니 바라보고"(「고지말랭이 - 기상도氣象圖 4」) 있는 모습이라든지, "밤이 되자/ 거름 냄새 상긋한 밭고랑 위로/ 향그러운 과일 같이/ 둥근 달이"(「달 - 기상도氣象圖 23」) 떠오르는 풍경도 마찬가지일 것이다. 흡사 자매편처럼 보이는 다음 두 시편도 한번 읽어보자.

퇴락한 빈집 하나가
가죽나무 그늘에 반쯤 가려져

잠잠히 엎디어 있다
하얗게 먼지가 앉은 쪽마루에
가죽나무 이파리 그림자가
이따금 일렁거린다
여기저기 흙살이 떨어진 벽은
앙상하게 수숫대만 남아
구멍이 숭숭하다
그 구멍마다 거미가 집을 짓고 산다
거미줄의 촘촘한 구멍으로
바람과 햇빛도 드나든다
흙을 덧발라 구멍을 막고 막다가
주인은 그만 이사를 갔나 보다.

—「빈집 – 기상도氣象圖 18」 전문

오뉴월 뙤약볕이
온 세상 소리들을 다 태워버렸는지
산골 마을이 적막에 싸여 있다
외딴 빈집을 지나면서
울 너머 마당귀를 얼핏 보니
길 잃은 어린 귀신 하나가
두어 그루 패랭이꽃 뒤로
얼른 숨는다.

—「적막 – 기상도氣象圖 28」 전문

　퇴락한 빈집에서 일어나는 기상氣象은 가죽나무 이파리
그림자의 일렁임이나 여기저기 구멍이 숭숭한 수숫대

들, 그리고 그 구멍을 들락거린 거미가 지었을 거미집으로 현상한다. 그 거미줄 구멍으로 드나드는 바람과 햇빛의 흐름을 막느라 아마도 옛 주인은 흙을 덧발라 구멍을 막다가 이사를 가지 않았겠나 하고 화자는 유추한다. 그 빈집을 다시 찾은 듯한 뒤의 시편은 적막한 산골 마을에서 빈집을 지나며 "울 너머 마당귀"에 길 잃은 어린 귀신 하나가 패랭이꽃 뒤로 얼른 숨는 풍경을 환幻처럼 바라본다. 그럼으로써 시인은 우주의 기상이 생성과 소멸, 삶과 죽음, 실재와 환, 거대한 움직임과 소소한 일렁임 사이에서 이루어지는 것임을 증언한다. 이러한 실재와 환幻의 친화와 결속은 "산기슭 자귀나무 꽃가지에/ 나비 형상의/ 물고기 등뼈 하나 걸려 있다/ 새가 그런 것일까/ 탈화하여 날아간 것일까// 나침반처럼 그것이 가리키는 곳/ 먼 하늘가에/ 흰 나비떼가 분분하다."(「나침반 – 기상도氣象圖 22」)같은 아름다운 작품에서도 잘 구현되고 있다.

　다음은 사설시辭說詩다. 시선집에는 분량상의 고려 때문인지 두 편만이 수록되었는데, 그 경개景槪는 다음과 같다. 먼저 「매사니와 게사니」는 "종말론적 위기감을 특이한 상상력으로 형상화"(이형기)한 시편으로서, "산문과 운문을 결합하여 현대시의 또 다른 국면을 열어 보여"(김재홍)준 남다른 결실이다. 사람의 그림자가 사라져버린다는 상황 설정에서 작품은 시작된다. 그림자가 육체로부터 분리되어 '그림자 없는 인간'과 '그림자 있는 인간'

이 서로 바라보며 공포에 휩싸이는가 하면, 이탈한 그림자가 인간을 공격하는 사태에 이르러 사회 전체가 공포에 휩싸인다. 온 사회가 혼란스러운 미궁에 빠져버린 것은 당연했다. 이렇듯 공포의 늪 속으로 빠져든 시간에 게사니(육체로부터 분리된 그림자) 떼가 어린애를 빼놓고는 닥치는 대로 사람을 죽이고 다닌다. 누가 처음에 그렇게 부르기 시작했는지 또 그것이 무슨 뜻인지도 모른 채 사람들은 언제부터인지 그림자 없는 사람을 '매사니'라 부르고 임자 없는 그림자를 '게사니'라 불렀다. 매사니와 게사니는 기하급수적으로 불어나는 데 반하여 그것들이 사라지는 속도는 몹시 더디었다. 게사니가 두려워한다는 '어린애'와 '토끼'로 방어벽을 쳐보았지만, 그 나라에서는 인간들이 내지르는 절망적 탄식만 높아갔다. 여기서 시인은 비로소 제 목소리를 얻어 노래하기(그전까지는 '노래'가 아니라 '이야기'다.) 시작한다.

소금기 눈 부신 햇살을 거두고
날이 저문다
젖빛 낮은 목소리로
하늘에는 구구구 모이도 흩뿌리며
밤이 맨가슴 품을 열자
비로소 참나무는 참나무 속으로
옻나무는 옻나무 속으로 어두워져
문득 잊은 새를 깨운다

멀고 먼 돌 속에서
속눈썹 사이로 날아오는 흰 새

그러나 밤이 깊어도 사람들은
해묵은 누더기를 펄럭이며
길가를 떠돈다
빈 마을은 집집마다
마른 개들이 도둑을 지키고
이슬도 젖지 않는 길에 쓰러져
설핏 잠든 사람들은
바람에 헝클린 겹겹의 지평선을
목에 감은 채
밤새 날갯짓하는 꿈을 꾼다

아침이 되면
감싸고 감싸이는 꽃잎의 중심
그 돌 속에서
온갖 물생物生들은 다시 태어나지만
그러나 보라
돌 밖 에움길의 어지러운 발자국 속에
휴지처럼 구겨진 깃털과 함께
사람들은 늘 시체로 남는다.

　　　　　　　　　　　—「매사니와 게사니」 부분

　날이 저물고 어둑한 때 나무들은 각자 자신의 몸속으
로 어두워져 간다. 그때 비로소 멀고 먼 돌 속에서 속눈썹 사이로 날아오는 흰 새가 깨어난다. 어둑한 저묾과 새하얀 깨어남이 동시에 공존한다. 하지만 밤이 깊어도 사람들은 누더기를 펄럭이고 떠돌 뿐이다. 사람들은 그저 바람에 헝클린 지평선을 목에 감은 채 날갯짓하는 꿈을 꿀 뿐이다. 아침이 되면 돌 속에서 물생物生들이 다시 태어나지만, 사람들은 아침이 되자 죽음으로만 남는다. '나무'와 '새'의 공명共鳴 속에서도, 오직 '사람'만이 현실의 온갖 굴레 때문에 그 공명에 참여하지 못하고 다시 태어나지 못한다. 이 노래는 사설시의 핵심 의장意匠으로서, 이 사설시의 결구結句이자 시인 자신의 예언자적 목소리를 담고 있는 절편絶篇이기도 하다. 죽음으로 미만彌滿한 인간 사회에 대한 섬뜩한 묵시록적 서사와 노래를 중층적으로 담고 있는 사례라 할 것이다.

이어지는 「외눈이 마을」은, 둔황 유적지에 얽힌 서사를 중심으로 인간의 덧없는 욕망과 고통, 불안, 외경, 공포, 상호 인멸의 역사를 개관하고 있다. 그 중심에 종교적 언어가 자리 잡고 있기는 하지만, 그 이야기가 인간성의 한 끔찍한 편모片貌를 보여준다는 점에서 매우 충격적이지 않을 수 없다. 시인은 이 작품에서 "네 마음의 곳간 가득히/ 온 세상의 지식이 쌓이면 쌓일수록/ 지식 밖의 무지의 영토는 더욱 넓어지고/ 네 굳은 믿음의 지층에서 채굴하는/ 보석들이 눈부시게 빛나면 빛날수록/ 너는 캄캄한 바위로 굳어지는도다"라고 그 특유의 역리逆理를 발화한다. 그러니 "바람이 물결 짓는 마음을/ 이제는 고요히 잠재워야 하리라/ 그 고요의 맑은 거울을 보아야 하리라."고 노래한다. 그 안에는 현실적으로 훼손되어가는 우리의 몸과 마음에 대한 비극적 묵시默示가 절절하게 배어 있다. 이렇게 김영석의 사설시는 시인의 말처럼 "산문으로 된 이야기를 배경으로 두고 쓴 시로서, 시와 산문이 하나의 구조로 결합하면서 좀 더 높은 수준의 새로운 시적 영역이 열릴 수 있도록 시도해본 것"(「시인의 말」, 「거울 속 모래나라」)이다. 또한, 이는 이숭원 교수가 적절하게 지적하였듯이 사색을 요구하는 철학적 과제를 담아내는 데 단형의 서정시가 감당하기 어려움을 알아차린 시인이 이야기와 노래를 합치시켜 새로운 형식을 시도한 것으로서, 그 안에 새로운 양식적 경지를 열어 보인 실험 의지가 담겨 있다 할 것이다. 우리 시사에서 새롭게 '관상시'와 '사설시'를 사유하고 실험하고 창작한 그의 시적 목표는, 우리 삶의 다양하고도 중층적인 욕망과 감각을 선명하게 드러내는 한편, 시인이 직접 자신의 관념을 설파하는 고답한 차원을 넘어, 사물이 스스로 말하게 하거나 이야기와 노래를 결속하는 방법을 통해 시의 권역을 넓히는 데 기여했다고 할 수 있을 것이다.

7.

그동안 우리는 김영석 시인의 40년 시적 역정을 돌아

보면서, 그의 시편들이 지녀왔던 여러 속성 및 가치에 대해 살펴보았다. 일관된 미학적 근본주의를 통해, 꿈과 현실의 경계를 지우며 그것들을 다시 통합하는 과정을 통해, 다양하기 그지없는 감각과 사유를 통해, 그는 몸과 마음이 결속하는 생태학을 섬세하게 증언해왔다. 그래서 그의 시편들은 우리에게 남다른 독법讀法과 수용 원리를 요청하면서 다가왔다고 할 수 있다. 그 결과 우리는 그 오롯하고 개성적인 성취에 비해 우리 평단의 평가가 너무나 인색했다는 사실에 상도想到하게 된다.

김영석 시편들은 흔히 말하는 불가적 사유나 동양적 방법론 같은 한 가지 기율에 결코 매여 있지 않는다. 그는 일관되게 서구적 논리와는 반대편에서 시의 방법과 착상을 길어 올렸지만, 시의 참된 차원이 '의미 이전의 의미' 혹은 '말 너머의 말'에 있다는 궁극적 입지점을 포기하지 않는 선에서는, 그 어떤 방법론도 두루 수용하였다. 그의 시학적 중심은 풍경과 내면의 선연한 조응을 바탕으로 하면서, 그것이 가장 궁극적인 삶의 기율과 자세가 되게 하는 정신적 견인堅忍의 속성에서 나온 것이기도 하다. 그 안에는 '노래'와 '이야기'가 병존하면서 결합하고, '생성'과 '소멸'의 이법理法이 스스럼없이 교차하면서 결합하고, 삶의 종말론적 불모성과 함께 그것을 치유하고 나아가야 할 궁극적 존재 형식이 동시에 번져 있다. 그 세계가 이번 시선집에 구체적으로 실려 있다 할 수 있을 것이다.

더 많은 시편들이 인용되었어야 했을 것이다. 하지만 이 정도의 그림만으로도 김영석 시편의 편폭과 심도深度의 복합성을 우리는 충실하게 검토했다고 할 수 있다. 물론 이번 시선집에 실리지 못한 가편佳篇들도 꽤 많다. 모두 읽어두어야 할 우리 시사의 자산이 아닐 수 없다. 그리고 우리로서는 정년을 맞은 시인이 이 시선집을 넘어, 이후로도 더욱 심원하고도 심미적인 '언어 너머의 언어'를 우리에게 지속적으로 보여주기를 바라는 마음을 전하고 싶다. 그 마음 크다.